오늘도 안녕하신지요?

희소난치성 심장장애와 함묵증을 앓고 있는 열아홉 살 아들과
아픈 아들을 홀로 키우며 진짜 엄마가 되어 가는 母子의

희망 이야기

한미경 ● 성우민

오늘도 안녕하신지요?

이지출판

여러분의 사랑하는 이는 안녕하신가요?

안녕하세요! 여기는 제주입니다.

제주 하면 뭔가 신기하고 색다른 보물이 숨어 있을 것 같아 무슨 이야기일까 궁금해하실 텐데요. 저희 이야기는 희소난치성 심장장애와 함묵증을 앓고 있는 열아홉 살 아들과 아픈 아들을 키우며 진짜 엄마가 되어 가는 모자母子의 고백입니다.

지금 여러분 곁에는 누가 있나요?

사랑하는 이가 곁에 있다면 정말 행복하고 다행한 일입니다.

그들이 건강한 모습이라면 더할 나위 없겠지요.

제 옆에는 열아홉 살 사랑하는 아들이 있습니다.

그런데 그 아이가 아파요. 그 아픔이 언제 또 일어날지 몰라 밤낮으로 찾아드는 불안함이 제주 바다 파도처럼 쉴 새 없이 제 마음을 출렁이게 합니다.

저는 엄마가 되기 전에는 몰랐습니다. 그저 사랑받고 보호받기만 할 줄 알았던 제가, 사랑하고 보호해야 할 줄 정말 몰랐습니다.

엄마라는 이름으로 아픈 아들과 19년째 살고 있는 지금, 이제 조금 알 것 같습니다.

하나님은 감당할 수 있을 만큼의 고통을 주신다는데, 저에게는 끝이 없었습니다. 끝도 없는 터널을 지나는 고통은 저 끝에서 보이는 빛을 보며 빠져나올 수 있지만, 저에게는 그 끝이 보이지 않았습니다.

그래서 저와 아이는 선택을 했습니다.

미리 아프지 않기, 미리 힘들어하지 않기, 미리 걱정하지 않기로.

아파도 사랑한다고, 힘들어도 사랑한다고, 걱정이 되어도 괜찮다고 생각하기로 했어요.

지금 저와 아이는 제주도를 즐기면서 씩씩하게 살고 있습니다.

언제 갑자기 찾아올지도 모르는 내일의 아픔은 잠시 묻어 두고 오늘을 살아가려 합니다.

이제 터널 끝에 매달린 불빛이 조금 보이는 것 같습니다.

사람들은 저희 모자를 대견해합니다. 어렵고 고통스러운 그 터널을 묵묵히 견뎌 내는 것을 지켜보면서요.

생각해 보면 대단해서도 아니고 훌륭해서도 아닙니다.

그저 그 아픔을 받아들이기로 했기에 이겨 낼 수 있었고, 세월은 제 마음의 근육을 단단하게 만들어 주었습니다.

그러나 여전히 아들과 저는 삶과 죽음의 한가운데서 싸워 내고 있습니다. 하지만 쉽게 무너지지 않을 겁니다. 누구에게나 아픔은 있으니까요. 그 깊이가 다르고 그 모습이 다르기에 저는 아무렇지 않은 척 이 길을 걷습니다.

그리고 한 걸음 한 걸음 용기를 내봅니다.

이 글을 쓰는 건 제가 아픈 아이를 키우는 선배로서, 아픔을 겪는 동료로서 함께 나누고 회복하고 싶기 때문입니다.

저희 모자에겐 새로운 도전입니다. 부족한 글로 마음을 나눈다는 것이 부담이 되기도 합니다.

그래도 우린 살아 있고, 또 살아남을 것이기에 용기 있게 도전해 봅니다.

사랑은 변함없는데 그 사랑의 힘이 약해지거나 지금 어두운 터널을 지나고 있는 분들에게, 지금 잘하고 있다고 수고했다고 감히 토닥여 드리고 싶습니다.

그리고 저도 토닥임을 받고 싶습니다.

아이가 다시 한 살로
열한 살의 삶을 시작했을 때,
나는 조금 더 의연해질 수 있었다.
무조건 받아들이자, 무조건 내려놓자,
다짐하고 또 다짐했기 때문이다.
그날부터 조금 다른 엄마가 되기로 했다.
그간 불안하고 기대에 찬 부담스러운 눈빛을 보내던
엄마에서 그날 그날 마주한 상황을
덤덤히 받아들이는 엄마가 되기로 했다.

일상이 기적이고
기적이 일상이 되다

한미경

오늘도 안녕하신지요?

한미경

심장병 아이 엄마입니다

홀로서기를 준비하다

"엄마, 저도 이젠 홀로서기를 해야 하지 않을까요?"

뭐지, 이 느낌? 언젠가 해야 할 일이지만 갑자기 아들이 던진 이 한마디에 겉으로는 기쁜 척했지만 속으로는 허전함이 밀려왔다.

그러고 보니 언젠가부터 아들이 홀로서기를 연습했음을 감지했다. 혼자 영화를 보러 다니고, 혼자 밥을 먹으며, 이어폰을 끼고 혼자 운동을 했다. 언제나 함께했던 영화 보기에서 내가 빠지고, 내가 없으면 밥도 제대로 먹지 못하던 아이가 식당에 가서 혼자 밥을 시켜 먹는다. 고등학교에 들어가서는 혼자 버스를 타거나, 나 없이는 전화도 못 걸던 아이가 택시를 불러 집에 오기도 한다.

그렇지, 이게 무슨 홀로서기인가. 남들 다 하는 것을. 평범한 아들을 둔 엄마라면 의아하게 생각하겠지만, 내 아들은 특별하다. 좌심실이 없이 태어난 아이는 늘 삶과 죽음의 경계선 위에 서 있었고, 위기의 순간들이 제 삶인 양 살아온 아이에게 평범한 일상은 그저 기적 같은 일이었다.

심한 장애를 갖고 있는 아이, 희소난치성 질환을 가진 아이, 그것도 모자라 입에 자물쇠를 채워 버린 아이. 이 온전하지 못한 아이를 위해 늘 그림자처럼 따라다니던 내 자리가 위협을 받고 있다.

'올가미' 엄마가 될 게 뻔하다는 주변 사람들의 말에 '아니라고' 하지만 정말 그렇게 될까 봐 걱정도 된다. 하지만 또 다른 사람들은 반대로 생각하기도 한다. 아이의 수행비서로, 아이 목소리를 대신하여 아이 생각을 전하는 대리인으로, 때론 의사로 함께했던 내 자리에 아이의 '도전과 용기'가 대신하기로 했나 보다.

언제 터질지 모르는 아픔을 안고 살지만, 닥치면 해결하자는 무대뽀 정신으로 위기를 넘기면서 살아온 우리는 그래도 언제나 '밝음'이었다.

아홉 살을 넘기기 힘들다는 심장병, 아홉 살을 넘겼기에 안심하고 있던 열 살, 죽음은 우리 곁으로 다가왔다. 그러나 우리에게 다시 한번 기적을 선물해 주셨다. 야속하게도 다 주지는 않았다. 인어공주가 다리를 얻는 대신 목소리를 잃었던 것처럼 우리 아이는 생명을 얻고 다시 한 살이 되어 버렸다.

모든 것을 다시 시작해야 하는 한 살, 그때는 정말 죽을 것처럼 힘들고 지쳤지만 시간은 우리에게 회복을 선사했다. 그리고 지금도 현재진행형이지만 과거완료형을 꿈꾼다. 다시 시작한 아이는 아직은 사회성도 부족하고 학습능력도 떨어지지만 괜찮다. 여전히 심장병과 함묵증이 아이를 에워싸고 있지만 그 아픔을 함께 이겨 내고 있기에 행복하다.

그러고 보니 엄마인 내가 홀로서기를 종용했던 것 같기도 하다. 언제까지 아이 옆에 있어 줄 수 있다면 좋겠지만, 어디 인생이 그런가.

그런데 '홀로서기'를 강요하던 내가 '홀로서기'를 선언한 아이에게 서운함을 느끼고 있다니.

아이가 엄마 말을 새겨듣고 뭔가 해 보겠다는 모습을 보였다.

"엄마, 제주시에 가서 영화 보고 싶어요."

서귀포에서 제주시까지 버스를 타고 한 시간은 가야 하는데, 이제 겨우 혼자 시작인데 그렇게까지 큰일을 하겠다니 걱정이 앞섰다. 이번엔 내가 용기를 내야 할 때인가 보다. 그토록 홀로서기를 강조하던 내가, 나의 두려움 때문에 아이의 도전을 막을 수는 없는 일이다.

아이는 손가락 하나만 다쳐도 기침만 해도 심장 검사부터 해야 하기 때문에 혹시 안 좋은 일이 생기면 어떡하나, 혼자 있을 때 객혈을 하면 어쩌나 하는 마음에 일단 막기로 했다.

"다음에 가면 안 돼?"

아이도 그 말을 기다렸는지 흔쾌히 다음으로 미루었다. 무작정 가겠다고 하면 어쩌나 걱정했는데, 우리는 아직 마음의 준비가 덜 되었나 보다.

이튿날 아침이 밝았다.

"엄마, 한 번만 같이 가 주시면 안 돼요?"

밤새 고민했을 아이, 이번에 포기하면 다음에도 못할 것 같다는 아이. 그 아이를 위해 내가 해 줄 수 있는 건 함께 가는 것뿐이었다.

나 또한 운전을 하기 시작하면서 버스 탈 일이 거의 없어 버스노선을 검색하는 방법을 잘 몰랐다. 명선 이모에게 물어보기로 했다.

말하지 않는 마음의 병에 걸린 아이, 태어나면서 시작된 심장병, 일곱 살에 아이의 몸에 탑승한 선택적 함묵증. 너무나 무거운 짐을 지고 가는 아이 곁에 그래도 마음을 열 수 있는 어른이 있다는 건 다행한 일이다.

겨울이 되면 어김없이 찾아오는 객혈, 환절기에 꼭 나를 찾는 감기. 컨디션이 좋지 않았지만 아이가 저리도 적극적으로 나서는데 내가 머뭇거릴 수는 없었다.

'182번'을 타면 되고 버스 시간까지 알아본 터라 주섬주섬 준비를 하고 있는데, 아이는 벌써 내 앞에 떡하고 버티고 서 있었다. 의젓했다.

버스는 5·16도로를 거쳐 빠르게 제주시로 향했다. 이제 막 숲 터널을 지나는데, 쭉 늘어선 양쪽의 나무가 서로 눈이 맞았는지 손을 맞잡고 수줍은 소녀처럼 발그스름하게 단풍이 들어 있었다. 한라산 정상이 보이는 아름다운 그 길을 아이와 버스를 타고 갔다. 행복했다.

한참 바깥 풍경에 빠져 있다가 아이를 보니 핸드폰을 보고 있었다. 길이 구불구불해 멀미를 할까 봐 핸드폰을 보지 말라고 하다가 문득 궁금해졌다.

"우민아, 왜 연습하는 거야?"

아이는 내가 무슨 얘기를 하는지 알아듣지 못하는 눈치였다.

"홀로서기 연습~"

이제 곧 성인이 되니까, 언젠가는 혼자 살아가야 하니까 홀로서기 연습을 한다고 했다. 가슴 한구석이 저려왔다. 울컥 눈물이 났다. 나도 모르는 사이, 우리가 그저 '아픔'만 바라보는 동안 아이가 이렇게 성장

했구나.

아주 짧은 침묵이 흘렀다. 그간의 시간들이 주마등처럼 스쳐 지나갔다. 늘 불안했던 나의 삶. 늘 자신이 없고 늘 불쌍했던 나의 삶. 가슴에는 날카로운 송곳이 자리하고 있었다. 쌓여 가는 화를 폭발할 데가 없어 애꿎은 곳에 화풀이를 했다. 눈에 뵈는 것이 없는 나는 쌈닭이었다. 아픈 아이, 능력 없는 엄마라며 스스로를 바닥까지 끌어내리며 살아온 나의 삶. 어떻게 살아냈을까.

"저는 할 수 있는 게 아무것도 없어요. 하나님이 해 주세요."

그렇게밖에 할 수 없는 나는 겉으로 드러나지 않는 장애가 아니어서 감사하다고, 백혈병이 아니어서 감사하다고, 그렇게 좌절하다가 극복했다가 또다시 반복하다 보니 마음의 근육도 생기고 나름 노하우도 생겼다. 절대 오지 않을 것 같던 '내일'이 드디어 '오늘'이라는 이름으로 다가왔다.

아이와 나의 대화는 좀 다르다.

"엄마, 내가 엄마보다 빨리 죽을 수 있지?"

죽음에 대한 대화를 자연스럽게 나눈다. 불행은 불행대로 행복은 행복대로, 그게 우리 삶이기에 행복 한 스푼, 불행 한 스푼을 잘 버무려가며 살아가고 있다.

아이를 쳐다보았다. 아이 표정에 긴장감이 가득했다. 뭘 생각하고 있기에 저렇게 입을 꼭 다물고 있는지 짠하기도 하고 대견하기도 했다.

인생에도 연습이 있었으면 좋겠다.

"우민아, 이번 생은 연습이라 생각하고…"

그러자 잠시 생각에 잠겼던 아이가 천천히 입을 열었다.

"이번에 연습했으니까 다음 2차전은 잘 살겠죠? 엄마, 다음에도 제 엄마가 되어 주실 거죠?"

난 다시 태어나기 싫다. 이상하게 다시 태어나도 또 이렇게 아플 것만 같다. 돌이켜보면 내 삶은 아픔 투성이었다. 만약에, 정말 만약에 과거로 돌아갈 수 있다면, 나는 아버지가 돌아가시기 전 콩밭을 일구던 그때로 돌아가고 싶다. 나도 행복했던 그때로. 그래서 난 다시 태어나고 싶지 않다. 그런데 아이가 다시 내 아들로 태어나고 싶단다.

"알았어, 나도 한 번 더 태어날게."

"그때도 제 엄마 하실 거죠?"

"당연하지. 그땐 내 생각만 하지 않고 태어날 너를 위해 좋은 아빠를 선택할게. 이번 생은 내가 잘못 골랐다. 미안."

"아니에요. 지는 엄마가 참 좋아요. 그리고 엄마는 참 멋지세요."

우리 곁에는 아이 아빠도, 내 남편도 없다. 우리 둘뿐이다. 그저 나를 믿고 잘 살아주는 아이가 고맙다. 아이가 내 볼에 뽀뽀를 한다. 온몸이 따뜻해지고 온 세상이 환해진다. 오늘, 제주는 봄이다.

심장병 아이 엄마입니다

 폐경입니다

남편은 아이를 원치 않았다. 나도 아이를 좋아하는 편이 아니어서 남편의 말대로 아이를 낳지 않기로 하고 아예 피임 시술을 받았다.

그런데 결혼은 둘만의 약속으로 이루어지는 것이 아니라 새로운 가족속에 편입되는 것이었다. 결혼한 지 9개월밖에 되지 않았는데 시댁 식구들은 아이를 재촉했다. 남편은 꿈쩍도 하지 않고 대답은 언제나 내 몫이었다.

늘 자신의 일이 1순위인 남편, 외로움에 지쳐 있던 나는 문득 아이가있어도 좋겠다는 생각이 들었다. 마침 매달 내게 찾아오던 손님이 오지않았다. 그래서 병원을 찾았다. 혹시 임신인가 싶기도 했다.

"폐경입니다."

일시적인 현상일 수도 있다며 호르몬 약을 처방해 주었다. 내 나이 서른 살, 폐경이 오기에는 너무나 이른 나이, 어이가 없었다.

결혼을 하고 내 삶이 다른 사람 손에 맡겨진 것 같았다. 내 자유를 뺏긴 것 같았다. 하루에도 몇 번씩 집으로 전화를 하는 시댁 식구들, 핸드폰도 있는데 굳이 집으로 전화해서 통화가 안 되면 내 위치를 파악하느라 집안이 들썩였다. 화장실도 제대로 갈 수 없는 상황에 이르렀다.

예민한 나는 스트레스가 극에 다달았다. 남편은 이런 나를 이해하기는커녕 오불관언이었다. 나는 병원에 간 김에 될 대로 되라는 심정으로 피임 해제 선언을 하고 시술을 받았다. 루프에 갇힌 나에게 자유를 주었다. 이 사실을 남편에게 말하지는 않았다.

처방받은 약을 보니 마음이 복잡했다. 주변에서 음식을 추천해 주었지만 나는 먹는 것도 귀찮고, 씹는 것도 귀찮고, 화장실 가는 것도 귀찮았다. 그냥 약이나 한 알 먹고 살면 딱 좋겠다는 생각을 하면서도 폐경에서 탈출하기 위해 음식을 먹었다. 그런데 먹는 것마다 거부 반응을 일으켰다. 몸에 좋으라고 먹은 음식들이 오히려 나를 괴롭혔다.

마침 위층에 사는 아주머니가 우리 집에 오셨다.

"새댁, 안 먹던 음식 먹으면 탈이 나지. 힘들어도 계속 먹다 보면 몸에 맞는 음식이 있을 거야"

아주머니의 따뜻한 위로가 도움이 되었다. 그때 포기했더라면 아마 내 아이는 영영 만나지 못했을 것이다.

며칠 지나니 점점 몸이 반응을 하고 음식 몇 가지는 잘 맞았다. 마을 길을 걸었다. 먹고 또 먹고, 걷고 또 걸었다. 약도 정성스럽게 먹었다.

서른 살에 폐경은 좀 심하지 않은가. 그렇게 3개월이 흘렀다.

"폐경 탈출!"

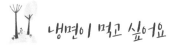 냉면이 먹고 싶어요

오늘따라 유난히 냉면이 먹고 싶었다. 남편은 오늘도 야근이어서 혼자 길을 나섰다. 가을 밤길은 쌀쌀했다. 몸이 부르르 떨렸다. 달빛은 눈부셨지만 주변이 너무 캄캄해 돌아가고 싶었다. 그런데 멀리서 불빛이 눈에 들어왔다.

고깃집이었다. 사람은 없고 TV 소리만 가득한 가게 안으로 들어섰다. 테이블 밑에서 아주머니가 몸을 일으켰다.

"어서 오세요. 혼자 오셨어요?"

아주머니는 누웠던 담요를 걷어내고 온기가 있는 곳에 나를 앉혔다. 따뜻했다. 나는 조심스럽게 여쭤 보았다.

"저, 냉면 되나요?"

아주머니는 내 말을 듣자마자 대뜸,

"아이고 새댁, 아이 가졌구나."

말도 안 되는 소리라며 손사래를 쳤지만 아주머니는 알 수 없는 미소를 지으며 주방으로 갔다. TV를 껐다. 너무 조용해서 다시 TV를 켜는데 아주머니가 밑반찬을 내왔다. 맛깔스럽고 정갈했다. 바로 이어 냉면이 나왔다. 코끝에서 매콤하고 시원한 향이 느껴졌다. 젓가락이 춤을 추었다. 코를 박고 한 그릇 뚝딱 해치웠다. 그때 정적을 깨는 한마디,

"아이 가진 거 맞네."

하면서 내 어깨를 두드리며 축하해 주었다. 첫아이는 잘 모른다며 병원에 가 보라고 했다. 그리고 뜻밖의 말을 했다.

"새댁, 우리 집은 냉면을 팔지 않아요. 이건 내가 먹으려고 두었던 거야. 새댁을 보니까 해 주고 싶더라고. 내가 잘했네."

밖으로 나오면서 식당 메뉴를 보니 냉면이 없었다.

임신이라니, 말도 안 된다고 생각하면서도 내심 기대는 되었다. 순간, 울컥 눈물이 났다. 실은 시어머니가 무릎 수술을 해 이천에서 부산까지 내려가 간호를 하고 올라오는 길이었다.

나보다 몸집이 두 배나 큰 어머니의 대소변을 받아내고, 어린아이처럼 낮과 밤이 바뀐 어머니의 말벗이 되어 드리고, 낮에는 손님을 맞다 보니 입에 물집이 잡혔다. 간호한 티를 낸다며 오히려 역정을 듣고, 설상가상 하혈까지 하는데 안쓰러워하기는커녕 돌아가라고 야단을 쳤다.

그런데 식당 아주머니에게 축하 인사를 받으니 울컥했다. 서른 살 내 삶이 서글펐다. 눈물이 났다. 그냥 흐르는 대로 두었다.

혹시나 해서 임신 테스트기를 샀다. 아침이 되기만을 기다렸다. 눈을 뜨자마자 화장실로 갔다. 임신이다. 남편을 출근시키고 나는 병원으로 향했다.

"임신입니다. 축하합니다."

기분이 이상했다. 기쁨보다는 걱정이 앞섰다. 시어머니 간호를 하며 피로회복제를 먹었었다. 그 말을 하자 괜찮다고, 아직 2주밖에 안 되었으니 4주 후에 다시 오라고 했다. 그날 밤 '금린어'가 내 품으로 들어왔다.

 금린어, 내 품에 안기다

금린어

차가운 달빛
온몸을 휘감아
가슴속 소용돌이친다

거친 물살 가르며
내게로 와
지친 한숨 토해 내는

마른 낙엽 바스라지듯
꺼져 가는 촛불의 떨림이

가시되어 박힌다

소용돌이치던 달빛
산산이 부서져
마른 가슴 적시고

금린어는
세상의 빛을 내려
힘찬 몸짓 내젓는다.

깜깜한 밤, 나는 배를 타기 위해 선창가로 갔다. 비바람이 세차게 몰아쳐 몸을 가누기도 힘들었다. 그 바람을 이기며 나는 둑 위를 걷고 있었다. 깜깜한 바다 위에 불빛 하나가 깜빡거렸다. 한 남자가 낚시를 하고 있었다. 그 남자는 꿈쩍도 않고 비다만 바라봤다. 새까만 옷에 모자까지 눌러쓴 그 사람을 보니 소름이 끼쳤다.

그때였다. 금빛 물고기가 비행하듯 지나가는데 유난히 찬란했다. 맞은편에서 은빛 물고기가 금린어와 교차하며 지나갔다. 눈이 부셨다. 남자는 꿈쩍도 하지 않았다. 아저씨를 독촉했지만 요지부동.

"아저씨, 제가 해 볼게요."

아저씨는 말없이 낚싯대를 건넸다. 짧다. 조급해진 나는 낚싯줄을 연결해 달라고 부탁했다. 마음이 바빴다. 그 사이 나는 배를 타고 있었다.

배가 출렁였다. 금빛 잉어가 갑판 위에서 파닥였다. 아무리 잡으려고 해도 잡히지 않았다. 작은 오빠가 언제 나타났는지 팔딱이는 힘센 잉어를 내 품에 안겨 주었다. 신기하게도 잉어는 언제 그랬냐는 듯 순한 양처럼 내 품에 안겼다.

　꿈이었다.

미경아, 쌀 한 되만 줄래?

　나의 아버지는 평생 열심히 일하셨다. 그리고 돈을 허투루 쓰지 않았다. 아버지는 왜 일을 하는지 왜 돈을 모으는지, 우리에게 가르쳐 주지 않았다. 다만, 저축을 하라고 했다. 내가 번 돈을 당신이 관리하면서 내 돈을 쓰지 못하게 했다. 그렇게 평생 일만 하시던 아버지는 일흔 살에 세상을 떠나셨다.

　우리 집 마당은 크진 않았지만 금잔디가 깔려 있었다. 그리고 봄에는 철쭉이, 여름에는 장미가 붉은 빛을 뿜어냈다. 가을엔 국화가 노랗게 익어 갔고, 겨울엔 국화 향기가 방안에 가득했다. 그리고 아버지의 손 끝에서 태어난 누룩나무, 향나무 분재가 멋진 자태를 드러냈다. 아버지와 나는 잔디를 깎으며 많은 이야기를 나누었다.

　어부인 아버지는 고기 미끼로 쓰는 멸치 중에서 큰 것을 골라 튀김을 해서 학교 가는 나를 불러 먹이곤 했다. 그리고 새벽에 우리를 깨워 싱싱한 한치를 썰어 먹였다. 아버지가 나에게 남겨 놓은 추억은 내가 아이에게 남겨 주고 싶은 재산이기도 하다.

아버지는 술 한잔 드시면 우리를 깨워 노래를 시켰다. 돌아가시던 그해에는 나와 콩밭을 일구었다. 회사 가기 전 일찍 일어나 아버지와 동네 산책을 하고 콩밭을 매고 출근했다. 아버지는 나와 함께하는 시간이 좋은지 아침만 기다려진다고 하셨다. 그토록 일만 하시던 아버지가 콩밭을 매며 행복한 순간을 일구지 않으셨던가 싶다.

그날 아침은 아버지와 함께하지 못했다. 그리고 회사를 마치고 돌아오니 동네사람들이 수군대는 소리가 들렸다. 아버지가 쓰러져서 병원으로 가셨단다. 쓰러진 장소가 콩밭이었다. 아침에 혼자 나가신 것이 화근이었나 보다.

그 무렵 아버지는 간경화로 몸이 좋지 않으셨는데, 그 길로 영원히 우리 곁을 떠나셨다. 오래오래 남을 추억을 만들어 주시고.

그런데 오늘 다시 나를 찾아오셨다.

"미경아, 쌀 한 되만 줄래?"

"쌀이 너무 안 좋구나."

꿈이었다. 아버지는 나에게 아이가 아플 것을 미리 알려 주러 오셨나 보다. 그 후로도 가끔 내 꿈에 나타나셨다.

아이를 지워야 할 것 같습니다

임신 4주가 되어 다시 병원에 갔을 때 초음파 사진을 찍었다. 점이 보였다. 점마저도 예뻤다. 그런데 기쁨도 잠시, 돌아오는 발걸음이 무거웠다. 남편에게 아직 말을 하지 못했다.

아이를 원치 않았던 남편은 처음에는 완강히 반대하다가 다행히 조금 누그러진 듯했다. 하지만 그때부터 남편이 예전과 다르다는 느낌을 받았다. 집에 오는 시간이 늦어지고 야근도 잦았다. 가장의 무게가 그렇게 무겁게 느껴졌던 것일까.

한 달이 지나 병원에 가서 또 검사를 했다. 며칠 있다가 결과가 나와 다시 병원을 찾았다. 의사가 자꾸만 고개를 갸웃거렸다. 검사 결과가 정상 수치를 벗어난 경계선 위에 놓여 있었다. 그리고 걸을 때마다 배가 아팠다.

또 한 달이 지나고 어느새 7개월이 되었다. 그 사이 응급실을 찾는 날이 많았고, 남편의 출장은 더 잦아졌다. 나홀로 병원을 찾았다.

"환자분, 아이 상태가 좋지 않아요. 아이를 지우는 게 어떨까요?"

검사 수치가 너무 안 좋다고 했다. 이대로라면 '장애'를 가진 아이가 태어날 수도 있다고 했다. 늦은 감은 있지만 아이를 지우는 게 나을 것 같다는 의사 말에 잠시 흔들렸지만 포기하고 싶지 않았다.

내 마음을 이해면서도 자꾸 포기를 권하는 듯한 이야기를 들으며 나는 더욱 마음을 굳혔다. 몸에 맞지 않은 음식을 토해 가며 얻은 아이를 내가 지켜 내고 싶었다. 장애를 가질 수 있다는 말은 그렇지 않을 수도 있다는 말이기도 했다. 나는 낳겠다고 결정했다.

　점점 누워 있는 시간이 길어졌다. 집에서도 걸어 다니기가 힘들어 누워 있었다. 그리고 남편은 집에 들어오지 않았고, 연락이 끊겼다.

　제주도로 내려가는 것은 싫었다. 언니가 있는 부산으로, 또 시댁이 있는 부산으로 가야겠다는 생각이 들었다. 전셋돈을 받고 언니의 도움을 받아 이사를 했다.

　전셋돈으로 부산 집을 겨우 구하고 나니 아이를 낳을 때가 되었는데 돈이 없었다. 다행히 돈을 내지 않아도 아이를 낳을 수 있다는 '구호병원'에 갔더니, 아이 상태가 좋지 않다고 제왕 절개를 권했다.

　그리고 수술 날짜를 기다리는데, 내 몸에 두드러기가 나기 시작했다. 병원에서는 약은 안 된다고 식염수로만 씻으라고 했다. 너무 간지러웠다. 긁으면 진물이 났다.

　그렇게 아이도 나도 힘든 시간을 보내고 수술 날짜가 다가왔다. 아이는 내 몸이 너무 작은지 자꾸 세상 밖으로 나오려고 했다. 그럴 때마다 너무 빨리 나오는 것을 막기 위해 약으로 버티다가, 나는 엄마가 되었다.

2002년 6월, 월드컵에 태어난 아이

누군가에게 축복받지 못한 존재가 되는 건 불행한 일이다. 게다가 누구나 축복받아 마땅한 가족에게 부모에게 온전한 축복을 받지 못했다는 건 더욱 가슴 아픈 일이다.

나의 아이가 그랬다. 아무도 원치 않는 존재였지만 나는 아이를 선택했다. 아이를 갖지 말자고 했을 때 아이를 가졌고, 임신 소식이 알려져 지우라는 말을 들었을 때도 포기하지 않았다. 반쪽이지만 내가 두 배로 축복해 주자 생각하며 아이를 선택했다.

일단 태교부터 시작했다. 3D 태아 사진을 보니 녀석은 참 잘생겼다. 코도 오뚝하고 눈도 컸다. 나는 이 아이가 아나운서가 되었으면 좋겠다는 생각을 했다. 태교를 위해 책을 수도 없이 읽어 주었다. 어릴 적 아버지와 함께 보던 '가요무대' 때문인지 트로트가 좋아 자주 들었다.

'내가 행복해야 아이도 행복하다'는 나만의 철칙으로 책과 트로트, 운동도 열심히 했다. 태명도 지었다. 태교 일기도 썼다. 그렇게 난 미래의 아나운서를 뱃속에서 키워 나갔다.

임신 9개월이 되었을 때 더 이상 출산을 미룰 수 없어 병원에서 정해준 날짜에 수술을 하기로 결정했다. 가진 것도 보호자도 없었기에 부산 구호병원에서 출산을 하게 되었다. 그나마 출산 비용 부담을 덜 수 있어서 다행이었다.

2002년 6월은 월드컵으로 대한민국이 뜨거웠었다. 여기저기서 '대한민국'을 외치던 때, 나는 아이와 만날 준비를 했다. 수술 하루 전에도 축구를 보며 힘찬 응원을 했지만, 6월 19일에 느낀 가슴 뜨거운 감동은 말로 표현하기 어려웠다.

마취에서 깨어나 비몽사몽한 상태에서 아기를 안았을 때 뭔지 모를 감격이 북받쳐 올랐다. 이 작은 생명을 만나기 위해 사투를 벌이듯 힘든 시간을 견뎌 낸 내 자신이 뿌듯했고, 앞으로 헤쳐 나가야 할 불확실한 상황이 불안하기도 했지만, 아이의 눈을 바라보는 것만으로도 벅찼다.

잘 모르는 사람들과 대한민국을 외칠 때도 뜨거운 동족애를 느끼는데, 나와 피와 살이 섞인 아이와의 만남은 감동을 넘어선 감격이었다.

'꿈은 이루어진다!'

앞으로 이 아이가 살아가야 할 세상이 녹록지 않겠지만, 무조건 응원해 주고 무조건 꽃길만 깔아 주고 싶었다. 그리고 나는 다시 눈을 감았다.

후천적 모성애

모든 여성이 모성애가 투철한 것은 아니다. 적어도 나는 그랬던 것 같다. 어린 시절 아버지의 유난한 사랑을 받으며 자랐던 터라 오히려 사랑을 받는 것에 익숙했고, 커서는 끊임없이 누군가에게 사랑을 받으려고 노력했기에 누군가를 온 힘을 다해 사랑한다는 것은 생각지 못했던 것 같다. 아이를 갖지 말자던 남편의 말에 동의했던 것도 누군가 사랑할 여력이 없었기 때문이다.

그런데 아이를 보자 덜컥 겁이 났다. 조그맣고 사랑스러운 아이를 보며 매일매일이 감격이었지만, 혹시라도 모성애에 대한 확신이 없던 마음이 드러나지 않을까 염려가 앞섰던 것이다.

사실 내게 모성애라는 것이 존재하는지 스스로 의심했던 순간도 있었다. 한창 월드컵의 함성이 울려퍼지던 때 아이를 낳으러 병원에 입원한 날이었다. 그날은 한국과 이탈리아 경기가 있었다.

수술을 앞둔 나는 복도에 설치된 TV를 보며 점점 경기 속으로 빠져들었다. 접전 끝에 승부차기가 시작되자 나도 모르게 온몸에 힘이 들어갔다. 그러자 배가 딱딱해지고 식은땀이 흘렀다. 그때 간호사가 나를 발견하곤 깜짝 놀라 소리를 질렀다.

"어머니, 큰일 나요. 얼른 들어가세요."

배가 터질 것처럼 딱딱해졌으니 간호사가 노발대발하는 것도 당연했다. 미안한 말이지만 그 순간 내가 엄마라는 사실을 살짝 잊었던 것도 같다. 그러니 무슨 모성애인가.

다음 날 제왕 절개 수술을 했다. 뱃속에 있을 때부터 검사 결과가 항상 경계선상에 있던 아이. 그래도 무사히 태어나 신생아실로 옮겨졌다. 그리고 나는 시간 반쯤 지나 밖으로 나올 수 있었다. 바로 따라 나와야 할 산모가 나오지 않으니 보호자들의 걱정이 컸을 텐데, 나중에 들은 이야기는, 지혈이 되지 않아 시간이 걸렸다고 한다. 아이의 위험을 줄이기 위해 수술 자국도 컸다. 나중에 이걸 본 언니가 안됐는지 이렇게 말했다.

"너 허리 잘라질 뻔했구나."

그런데 막상 아이를 세상에 내보내고 나니 기분이 이상했다. 아홉 달 품고 있던 아이가 빠져 나가서일까, 허전했다. 너무도 보고 싶었다. 수술 후 방귀가 나와야 움직일 수 있다기에 몸을 요리조리 움직여 드디어 방귀 신호가 왔고, 그 길로 아이를 보러 가겠다고 나섰다.

"지금은 안 돼요."

"방귀 나왔는데요."

너무 빨라도 좋지 않다며 간호사가 나를 말렸다. 길고도 긴 하루가 지났다. 떨리는 마음으로 아이를 보러 갔다. 손목에 있는 이름표를 보여 주니 한 아이가 눈앞으로 다가왔다. 저렇게 예쁠 수가 있을까? 천사의 모습이 저럴까 싶을 정도로 뽀얀 피부에 크고 까만 눈동자를 가진 아이였다. 보고 또 보았다. 아무리 봐도 너무 예뻤다.

하지만 갑자기 불길한 생각이 들었다. 저렇게 예쁜 아이를 내가 낳았다니 뭔가 석연찮았다. 혹시나 하는 마음에 다시 손목의 이름표를 보여 주며 확인을 부탁했다. 그러자 신생아실에 당황스러워하는 기운이 쫙 퍼졌다. 간호사의 표정이 바뀌면서 내 아이도 순간 바뀌었다. 예쁜 아이에서 못난이로.

아, 불안한 예감은 틀린 적이 없다. 진짜 내가 낳은 아이는 뽀얀 피부에 까만 눈동자를 가진 포슬포슬한 아이가 아닌 쭈글쭈글한 피부에 질끈 감은 눈, 못난이였다.

실망스러움을 감출 수가 없었다. 괜히 예쁜 아이를 먼저 보여 주어 기대감을 높여 놓은 간호사가 원망스러울 지경이었다. 더 이상 보고 싶은 마음이 생기지 않아 바로 고개를 돌려 병실로 돌아왔다. 그리고 더 이상 아이를 보러 가지 않았다. 수술실에서 잠깐 느꼈던 모성애마저도 사라진 듯했다.

그런데 이 한심한 엄마에게 채찍을 든 사람은 바로 간호사였다. 더 이상 아이를 보러 가지 않는 엄마에게 아이를 데리고 왔다. 다시 아이를 보면서도 마음이 열리지 않았다. 어른들은 예쁘다고 난리였다. 이해할 수 없었다. 어떻게 저 아이가 예쁘단 말인가. 시큰둥하게 앉아 있는데 아이를 내 품에 안겨 주셨다.

이게 웬일인가. 이틀 전에 본 아이의 모습이 아니었다. 눈이 부시도록 하얀 얼굴에 까만 눈동자가 너무 사랑스럽고 예뻤다. '한미경 산모의 아기'라고 분명히 적혀 있었다. 사람이 바뀐 걸까, 생각이 바뀐 걸까?

아이를 품에 안고 있는데 가슴이 벅차올랐다. 아이에게 젖을 물렸다. 아이 심장 소리가 내 가슴에 아주 약하게 전해졌다.

'아, 내 아이로구나. 내가 이 아이를 기필코 지키야지.'

나도 모르게 그런 생각이 들면서 강한 애착이 생겼다. 그 후부터 나는 아이에게서 한시도 떨어지지 않았다. 잠도 자지 않고 아이를 보고 또 보았다.

그렇게 아이를 안고 퇴원하는 날, 아이가 바뀌지 않았는지 이름표를 잘 보라고 했다. 한미경의 아이가 틀림없었다.

시간이 지날수록 아이에 대한 사랑은 지나칠 정도로 커졌다. 병원에 들어왔을 땐 모성애가 전혀 없던 나는 병원을 나설 때 모성애 가득한 엄마가 된 것이다. 손탄다며 안지 말라고, 산모 몸이 회복될 때까지 안지 말라고 했지만 듣지 않았다.

'이 아이를 내 품에 안을 수 있는 그날까지 난 아이를 안아 줄 거야.'

이 마음은 변하지 않았다. 생각해 보면 그때 안아 주지 않았더라면 큰일 날 뻔했다. 99일 되던 날부터 나는 아이를 주삿바늘과 온갖 장비에 빼앗기고 말았다.

생후 99일째 찾아온 위기

아이가 태어난 지 96일째가 되었다. 날마다 크는 아이를 보는 것만으로도 배가 불렀지만 현실은 그렇지 않았다. 생업을 위해 나서야 하는 형편이라 100일도 되지 않은 아이를 어린이집에 보내기로 했다. 한 번도 엄마 손을 벗어난 적 없는 어린 아기를 어린이집에 맡기고 돌아설 때 얼마나 가슴이 아프던지… 엄마와 떨어진다는 것을 아는지 모르는지 방긋방긋 웃는 아이를 보며 오히려 삶에 대한 의지가 솟아났다.

그렇게 이틀이 지나고 사흘, 그러니까 아이가 태어난 지 99일째 되는 날이었다. 갑자기 어린이집에서 전화가 왔다. 순간 불안감이 확 밀려왔다. 그리고 전화기를 통해 어린이집 원장의 다급한 목소리가 들려왔다.

"어머니, 우민이가 이상해요. 병원으로 이동 중이니 얼른 오세요."

이 전화 한 통이 우리 모자의 길고 긴 여정의 신호탄이었다. 병원으로 가는 길은 천리만리였다.

병원에 도착해 응급실로 뛰어가니 아이 입에는 인공호흡기가 씌워져 있고 각종 장비가 달려 있었다. 눈을 꼭 감고 있는 아이는 도저히 알아볼 수 없을 만큼 퉁퉁 부어 있었다. 도대체 무슨 일이 일어난 걸까? 분주하게 움직이는 의료진들 속에서 나는 아무것도 모른 채 하루를 보냈다. 다음 날 담당 의사가 나를 불렀다.

"아니, 애가 이렇게 되도록 엄마는 뭘 하신 겁니까?"

입이 딱 붙어서 아무 말도 나오지 않았다. 그런 나에게 의사는 더욱 퉁명스럽게 말했다.

"이 아이는 여기까집니다. 그냥 깨끗한 모습으로 보내 주세요."

나는 더 이상 두 다리로 버티고 있지 못하고 쓰러졌다. 응급실 바닥에 엎드려 하염없이 눈물만 쏟아냈다. 아무 소리도 들리지 않았다. 의사가 아이의 상태에 대해 뭐라고 설명했던 것 같은데 '여기까지'라는 말에 더 이상 알아들을 수가 없었다.

온 세상이 캄캄했다. 이렇게 아무 손도 써 보지 못하고 아이를 보내야 한다니, 말도 안 되었다. 그리고 누구에게 연락을 해야 할지 생각이 나지 않았다. 이미 가정은 금이 간 상태였고 세상엔 아이와 나, 둘뿐이었다.

바로 그때 뒤에서 한 아주머니의 목소리가 들려왔다.

"애기 엄마, 동아대학교 병원에 가면 살 수 있을 거예요. 얼른 거기로 가 보세요."

황급히 뒤를 돌아보았는데 아무도 없었다. 하지만 그 말이 내 가슴에 꽂혔다. 어떻게든 아이를 살려야 한다는 마음에 당장 담당 의사에게 동아대학교 병원으로 보내 달라고 했다. 의사는 단칼에 거절했다. 어차피 죽을 아이인데 몸에 손대지 말고 예쁜 모습으로 보내라는 것이었다.

하지만 나는 떼를 쓰며 보내 달라고 했고, 의사도 백기를 들었다. 대신 이동 중에 아이가 죽어도 병원은 책임이 없다는 서약서에 도장을 찍게 한 뒤 소견서를 써 주었다. 봉투 겉에 '이형두 선생님'이라고 쓰여 있었다.

긴급 이동이 시작되었다. 새벽 2시가 넘은 시각, 세상은 고요하고 컴컴하고 무서웠다. 아이 곁에는 나 혼자뿐이었다. 아이는 파랗다 못해 새카맣게 굳어 가고 있었다.

'내가 정신을 차려야 한다, 나뿐이다.'

구급차가 동아대학교 병원 응급실에 도착했다. 한참 동안 아이에게 뭔가 복잡한 장비들을 꽂은 다음 하얀 가운을 입은 말끔하게 생긴 선생님이 다가왔다.

"어머니 되시죠?"

"네, 선생님! 우리 아들 좀 살려 주세요."

"지금 아이 상태가 좋지 않다는 건 알고 계시죠?"

"네, 그래서 여기로 왔어요. 여기 가면 살 수 있다고 해서요."

정신이 쏙 빠져 있는 나에게 의사는 아이의 상태를 말해 주었다. 심장의 한 부분인 좌심실이 없고 위와 간의 위치가 바뀌어 있는 데다 혈관이 뒤집히고 꼬이는 등 너무 복잡하고 위험하다고 했다.

그 말을 듣는데 어떻게 이런 일이 생길 수 있을까, 어떻게 아무도 모를 수가 있을까, 아무것도 몰랐던 내가 너무 한심하고 원망스러웠다. 그때 들려온 이 한마디.

"어머니, 이 아이 살려 보겠습니다."

이 말은 천사의 말보다 더 귀했다. 아이 상태를 본 누구도 그런 말을 하지 않는데 살려 보겠다니, 천군만마가 따로 없었다.

안도의 한숨을 쉬며 접수를 하러 2층으로 올라갔다. 캄캄한 2층으로 들어서는데 바닥이 빙글빙글 돌며 흔들거리기 시작했다. 몸은 이미 쓰러졌지만 아이에게 돌아가야 한다는 생각에 버티고 있는데, 한 아저씨가 나를 부축해 주었다. 그 새벽 시간에 병원에 있다는 건 누군가의 보호자라는 의미, 보호자가 또 다른 보호자를 애처롭게 바라보는 그 짧은 순간 위로가 되었다.

'아, 나만 있는 건 아니구나.'

입원 수속을 하고 다시 응급실에 갔을 때 아이 입에는 인공호흡기가 씌어져 있고, 정맥주사로는 감당이 안 되어 목에 있는 동맥을 뚫고 7개의 주삿바늘이 연결되어 있었다. 가슴에는 심전도 검사기가, 왼손에도 주삿바늘이, 왼쪽 발에도 무언가가, 오른손에는 산소포화도 집게가 주렁주렁 달려 있었다.

내가 아이를 만질 수 있는 곳은 단 한 군데, 오른쪽 엄지발가락을 뺀 네 개의 발가락이었다. 겨우 99일 된 아이에게 너무나 가혹한 현실이었다. 이 가혹함이 싫었던지 아이는 자꾸만 우리 곁을 떠나려 했다.

"삐삐 삐————."

이 알람음이 날 때마다 의사와 간호사들이 우르르 몰려들었다. 그러다 위험한 상황을 넘기면 다시 흩어졌다. 그 곁을 지키고 있는 나는 이 상황이 너무 무서웠다.

이 모든 것이 꿈이라면 얼마나 좋을까 하는 상상을 수도 없이 했다. 하지만 지켜야 했다. 무슨 일이 있어도 지켜야 한다는 생각에 만질 수 있는 네 개의 발가락을 붙들고 기도했다.

"부처님, 공자님, 맹자님, 제 아이를 살려 주세요. 세상의 모든 신이시여, 제가 이렇게 빕니다. 제발 우리 아들만 살려 주세요. 제가 뭐든 하겠습니다."

지푸라기라도 붙드는 심정이 이랬을까. 내 입에서 온갖 신과 현인들의 이름이 오르내렸다. 그런데 그들의 힘으로는 역부족이었다. 그때 내 입에서 나오는 '하나님, 살려 주세요'라는 간절한 기도가 시작되었을 때, 그때 내가 그렇게 애타게 찾으며 기도했던 모든 신들이 물거품처럼 사라지고 하나님만 내 곁에 남았다.

희망의 심폐소생술

아이는 중환자실에 여러 개 줄을 주렁주렁 매단 채 돌처럼 굳어 있었다. 이미 몇 차례 위급한 상황이 지나갔던 터라 간호사도 의사도 적극적인 태도를 보이지 않았다. 중환실로 들어간 지 두어 달, 내 가슴은 타들어 가고 있었다.

그리고 6개월이 다 되어 가던 어느 날, 깜짝 놀랄 기적 같은 일이 일어났다. 죽은 듯이 누워 있던 아이가 갑자기 의식을 회복한 것이다. 모두들 깜짝 놀라 의료진도 서둘러 아이 상태를 체크하는데 거짓말처럼 의식을 회복한 것이었다.

아이를 일반 병실로 옮겼다. 꿈만 같았다. 아이와 눈을 마주칠 수 있다는 사실, 아주 미세하지만 작은 옹알이도 들을 수 있고 울음소리도 느낄 수 있다는 게 믿어지지 않아 아이 얼굴을 보고 또 보았다. 이런 날이 영원히 계속되기만 바랄 뿐이었다.

그러나 기적은 하루를 채 넘기지 못했다. 일반 병실로 옮긴 지 몇 시간도 지나기 전에 아이 표정이 이상했다. 숨소리도 점점 거칠어지고 입술도 파랗게 변해 갔다. 안 좋은 신호였다. 이미 병원에서 몇 달을 큰 아이, 아직 옹알이나 할까 싶은 아이 입에서 또렷한 음성이 들려왔다.

"아파, 아파…."

옆에 있던 간호사도 나도 이럴 수 있나 싶었다. 말도 배우지 않은 아기

입에서 아프다는 소리가 어떻게 나올 수 있을까. 사람이 견딜 수 없이 아플 때 배우지 않은 말도 할 수 있는가 싶었다. 그러더니 아픔이 극도에 달한 아이 입에서 외마디 비명이 쏟아졌다.

"아파~."

다시 의식을 잃었다. 하루 동안 깜짝 깨어나 모두를 놀라게 한 아이는 다시 중환자실로 옮겨졌다. 그리고 또다시 눈을 꼭 감고 의식을 잃었다.

중환자실에서 속절없이 시간을 보내고 있던 어느 날이었다. 언제부턴가 한 낯선 의사가 우리를 살피고는 급기야 아이 곁으로 오더니 관심 있게 차트를 살펴보았다.

"얘는 뭐야?"

간호사들이 쫓아오더니 알 수 없는 말로 설명을 했다. 혹시 아는 단어가 있을까 귀를 기울이고 있는데, 그 의사 가운에 꽂힌 이름표에 '이형두'라고 쓰여 있었다.

'이형두? 어? 이 병원에 올 때 이형두 선생님한테 가라고 했는데, 그럼 지금까지 우리 아이를 봐준 분은 누구였지?'

갑자기 머리가 복잡해졌다. 빨리 상황을 설명해야 한다는 생각에 중환자실을 나서는 이형두 선생님의 옷자락을 붙들고 말했다. 원래 선생님을 찾아온 환자였다고. 그런데 그때 선생님은 미국 연수 중이었다고 한다.

"선생님, 저희 아이 좀 살려 주세요."

"이거 참, 이미 다른 선생님이 보고 계시는데…."

"저는 그런 거 모르구요, 처음부터 이형두 선생님께 가라고 해서 이리로 온 거예요. 그러니 선생님이 봐 주세요, 네?"

제발 살려 달라고 애원하는 보호자 앞에서 의사는 난감해했다. 같은 병원에서 환자가 의사를 바꾸면 의사도 곤란하지만 급한 상황이 생겼을 때 환자도 곤란해질 수 있기 때문이다. 평소 같으면 충분히 이해하고도 남는 상황이지만 그땐 아니었다. 막무가내로 떼를 쓰니 곤란한지 자리를 뜨셨다. 또 한 번 믿었던 끈이 뚝 끊어지는 기분이었다. 바로 그때 어떤 목소리가 또 들렸다.

"외래 진료를 받으면 되지 않을까요?"

일리가 있는 말이었지만 중환자실에서 의식도 없이 수많은 장비를 달고 있는 이 아이를 데리고 어떻게 외래 진료를 받는단 말인가. 그냥 해 주면 될 텐데, 뭐가 그리 까다롭고 복잡할까. 내 머릿속에는 오직 아이 생각밖에 없었다. 남들이 보면 참 이기적이라고 할지 모르지만, 아이 일에는 언제나 이기적인 엄마가 되었다. 오로지 아이만 생각했다.

이대로 물러설 수 없어 수쌤(수간호사 선생님을 우리는 수쌤이라고 불렀다.)에게 도움을 청했다. 이야기를 들은 수쌤은 담당 레지던트 선생님과 의논을 했고, 우리의 딱한 사정을 알고 모두 돕겠다고 나섰다.

"어머니, 저희가 도와드릴게요."

얼마 후 수술복을 입은 남자 몇 분과 레지던트, 간호사 선생님들이 최소한의 장비를 달고 위급한 상황에 대비해 6명의 의료진들이 아이 침상을 끌고 1층 외래로 갔다. 이형두 선생님은 소식을 들었는지 이미 복도에 나와 있었고, 차트에 사인을 했다.

사람들이 그랬다, 이형두 선생님에게 가면 산다고. 엄마의 막무가내 직진으로 아이는 이형두 선생님의 환자가 되었다. 그 뒤 바로 중환자실로 이동했고, 이렇게 일이 진행되는 동안 위급 상황은 생기지 않았다.

선생님은 바로 수술을 결정했다. 그리고 다음 날 수술 날짜가 잡혔는데, 수술이 잡혔다는 건 그래도 희망이 있다는 증거, 나는 그저 감사했다. 몸에 손대지 말고 예쁘게 보내 주라는 말이 아니니 얼마나 다행인지 몰랐다.

잠이 들면 악몽을 꿀 것 같아 밤을 새다 깜빡 잠이 들었는데, 아버지가 타고 온 배에 파닥거리는 은멸치가 가득했다.

'만선이다!'

잠에서 깼다. 마취과 선생님이 오셨다. 동맥을 새로 잡아야 한다며 동의서를 내미는데, 사실 그게 무슨 내용인지도 잘 몰랐다. 그저 하라는 대로 사인을 하고 마침내 수술 담당 선생님을 만날 수 있었다. 성시찬 선생님은 한참 차트를 들여다보더니 이러셨다.

"거 참, 복잡하군."

이 한마디를 하고는 잠시 자리를 비우더니 돌아와서 아이 아빠를 찾았다. 사인을 해야 한단다.

"선생님, 아이 아빠가 없습니다."

"아, 그래요?"

"지금 어디에 있는지 알 수도 없고, 제가 보호자인데 엄마 사인만으로는 안 되는 건가요?"

밝히기 싫은 부분까지 밝혀야 한다는 사실에 나도 모르게 주먹에 힘이 꾹 들어갔다. 선생님은 아무 말 없이 엄마 사인만으로도 수술이 가능하도록 해 주었다. 모든 동의서 사인이 끝나자 의료진이 분주해지기 시작했다.

옆에서 발을 동동 구르는 것 외에 아무것도 할 수 없었던 나는 수술을 앞두고 극도의 공포와 아픔을 느꼈다. 어린 시절 울보라는 별명이 있을 정도로 시도 때도 없이 울어 눈물이 마를 만도 한데, 나는 어른이 되어서도 눈물이 참 많았다. 그런데 아들이 생사를 넘나드는 심각한 상황에서 흘리는 눈물은 차원이 다른 것이었다. 혼자라는 사실이 너무 무서워 벌벌 떨고 있는데 누군가 곁으로 다가왔다.

"어머니, 제가 같이 가 드릴게요."

내 손을 꼭 잡아 준 사람은 레지던트 변신연 선생님이었다. 평소에도 우리 아이를 볼 때마다 눈가가 촉촉하던 정 많은 선생님. 사소한 것까지 챙겨 주시던 선생님. 나처럼 체구가 작은 단발머리에 착하게만 생긴 선생님이었다.

변 선생님이 나를 부축해서 수술실까지 동행해 주었다. 나보다 어린 선생님 앞에서 펑펑 울었고, 나를 안아 주며 함께 울어 준 선생님이 너무 고마워서 또 울었다.

막상 수술실 앞에 도착하자 마음껏 울 수 있는 상황도 못 되었다. 수술실 간호사가 나와 수술 소요 시간, 필요한 물품 등을 빠르게 설명하는데 정신이 하나도 없었다. 옆에 있던 변 선생님이 하나하나 다시 설명해 주었다. 얼마나 든든하고 고마웠는지 모른다.

변 선생님이 돌아가고 수술실 앞에 다시 나 혼자가 되었다. 저 수술방에서 아이가 생과 사를 넘나드는 힘겨운 싸움을 하고 있을 것이다. 저절로 기도가 나왔다. 수술방에 있는 모든 분들의 손끝에 능력이 더해지고 아무것도 모르는 백일 된 아이에게도 힘을 달라고.

주위엔 암흑뿐인 것 같지만 이형두 선생님, 성시찬 선생님, 변신연 선생님과 같이 생명을 살리려 애쓰시는 분들이 있고, 애끓는 부모의 심정을 공감해 주는 이들이 존재한다는 생각에 차가운 복도에서의 기다림은 조금 나아졌다.

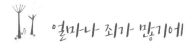

얼마나 죄가 많기에

"에휴~ 엄마가 전생에 얼마나 죄를 지었기에…."

내 귀에 다 들리게 말하는 건 나 들으라고 하는 소리였다. 소름이 끼쳤다. 아이를 수술실로 보내고 필요한 물품을 사서 들여보낸 다음 보호자 대기실로 갔다. 그곳은 한마디로 무거운 기운이 감도는 장소다. 누군가 무사히 수술을 마치고 나올 때까지 함께 기다리는 공간이다. 말소리는 들리는데 적막하기만 했다.

솔직히 나는 이곳에 올 수 있다는 것만으로도 감사했다. 모두 손을 놓은 상태가 아닌, 수술이라도 해 볼 수 있는 상황이 얼마나 감사한가.

보호자 대기실은 마치 군대 내무반 같다. 모포 한 장이 깔려 있고, 사물함이 하나씩 있다. 선을 그어 놓지 않았는데도 자기 자리를 잘 지키고 있다. 지쳐 누워 있는 사람도 있고, 조용히 이야기를 나누는 모습도 보인다. 그런데 그곳은 이미 자리가 찼고 내가 앉을 자리는 없어 보였다.

몇 개월 동안 중환자실에서 아이를 돌보며 피로가 누적되어 좀 쉬고 싶었다. 그동안 내가 들은 말은,

'마음의 준비를 하십시오.'

'오늘이 고비입니다.'

이것뿐이었는데, 최고의 의료진이 아이를 살리는 동안 나는 잠시 쉬고 싶었다. 누군가 내 옆으로 다가왔다. 경상도 말투의 한 여성이 나를 부축하며 자리를 만들어 주었다.

"여기 앉으소. 애기 엄마가 툭 건드리면 쓰러질 것 같다."

"……"

"엄마가 씩씩해야 해요. 우리 아들은 지금 심장병 수술 들어갔어요."

그러면서 이야기를 풀어놓았다. 선천성 심장병으로 27년간 병원을 오갔단다. 그 오랜 시간 쌓이고 쌓인 이야기를 들으며 나도 모르게 눈물이 터져 나왔다. 울고 싶은데 핑계를 얻은 것이다. 그분이 물었다.

"그 집은 누가 수술합니꺼."

"우리 아기요. 백일 지나서 들어왔는데 계속 중환자실에 있다가 수술 들어갔어요."

"아이고, 억장이 무너진다. 그 어린아이를."

우리 대화를 듣고 있던 대기실의 모든 시선이 내게 쏠렸다. 무슨 수술을 하는지, 아이가 태어난 지 얼마나 됐는지 묻고 또 물었다. 일일이 대답하는 것도 힘들었지만 모른 척하기에도 애매한 상황이라 겨우겨우 답만 했다.

신이 난 듯 맞장구를 쳐주던 한 분이 나를 애처롭게 보면서,

"에휴~ 엄마가 전생에 얼마나 죄를 지었기에…"

그 말을 듣는데 세상의 모든 화살이 나를 향해 몰려오는 것 같았다. 참고 있던 눈물이 터지고 말았다. 내 나이 서른, 살면서 남한테 그렇게 해 끼치고 살아온 것도 아니었다. 오히려 잘 몰라서, 너무 순진해서, 곧이곧대로 믿어 손해를 본 것이 더 많았는데, 그러잖아도 나 때문에 아이가 아픈 것 같아 죄책감에 시달리던 내게 그 말은 너무 아팠다.

그때 나를 챙겨 주던 그 부산 언니가 나서 주었다.

"할매요, 마 조용히 하이소. 이 젊은 사람이 죄가 있으면 얼마나 있고, 또 아가 아픈 게 왜 엄마 탓입니꺼? 여기 그 말에 자유로운 사람 있습니꺼?"

순간 좌중이 조용해졌다. 그리고 내게 위로를 건넸다.

"저런 말 신경 쓰지 마라. 27년간 병원 생활을 해 보이 별의별 사람 천지빼깔이더라. 새끼 살릴라믄 엄마가 힘내야지, 안 그렇나?"

그녀가 건넨 믹스 커피 한잔을 받아들고 마음을 진정시키려 했지만 커피가 입으로 넘어가지 않았다. 살아 있는 것조차 미안하고, 숨쉬고 있는 것조차 고통스러운데 내 죄가 많아 아이가 아프단 소리에 가슴이 꽉

막혀 왔다.

'당신은 얼마나 죄가 많기에 여기에 있는 거죠?'

마음속에 한바탕 파도가 일고 지나갔다. 너무 힘이 들어 잠시 누웠다. 지나온 시간을 생각하니 힘들었고, 지금 처한 상황이 힘들어 모든 걸 잊고 싶었다.

아무것도 모르던 서른 살의 초보 엄마, 갑자기 밀려온 커다란 파도 앞에 그 엄마는 지쳐가고 있었다.

수술 새치기

아이는 고비를 넘겨가며 버티고 있었다. 주위에선 살아 있는 게 기적이라고 하지만, 나는 아이가 깨어 있는 모습을 보고 싶었다. 당장이라도 벌떡 일어나 옹알이를 할 것 같은데 그렇지 못하니 답답했다.

아이 수술이 끝난 지 얼마 뒤였다. 하루 종일 중환자실에서 아이를 돌보다가 깜박 잠이 들었다. 잠결에 누군가 시끄럽게 나를 찾는 소리가 들렸다.

"어디 있어? 어?"

한 여자가 나를 향해 돌진해 왔다. 그러더니 다짜고짜 멱살을 잡고 흔들었다. 몸무게 40킬로그램도 안 되는 내 몸이 그 손길에 이리저리 흔들렸다. 무슨 일이냐며 옆에서 말려도 막무가내였다.

"당신 애 때문에 우리 애가 죽을 뻔했어. 넌 무슨 빽으로 수술 새치기를 한 거야?"

"네? 그게 무슨 말이에요?"

"어디서 모른 척하고 있어?"

주변에서 아무리 말려도 그 아주머니는 멱살을 놓지 않았다. 영문도 모르는 나는 수술 새치기 엄마가 되어 있었다. 아니, 생명을 훔친 사람이 되어 있었다.

"아주머니, 이 손 놓고 말씀하세요. 저는 무슨 말씀인지 전혀 모르겠어요."

"모른다니, 어디서 거짓말이야?"

"진짜 몰라요."

솔직히 수술 새치기가 뭔지 도통 모르는 소리만 했다.

아주머니와 나는 병동으로 올라갔다. 그리고 지초지종을 들었다. 아주머니 아이 수술 시간에 내 아이가 들어갔나 보다. 우리도 지금까지 수술이 미루어진 적도 많았다. 위급한 환자가 우선이다. 나 역시 아이가 급하게 수술하지 않으면 안 되는 상황이었기에 먼저 수술을 할 수밖에 없었다. 그건 나도 모르는 일이었다.

수술 날짜가 늦춰지는 것은 그만큼 환자에게도 보호자에게도 힘든 일이다. 이해는 하지만 억울했다.

병원에서 수술 새치기 사건은 비일비재하다고 한다. 그분과의 인연은 그 뒤 일반 병실로 올라갔을 때도 이어졌다. 나로서는 멱살을 잡힌 일이 있어서인지 같은 병동에 있는 것도 불편했다. 겉으로는 이해하면서도 속으론 화가 났었나 보다. 게다가 병간호를 하면서 다른 일에 신경 쓰고 싶지 않아 다른 병동으로 옮겼다.

그런데 그 엄마는 일부러 다른 병동에 있는 나를 찾아와 이것저것 챙겨 주었다. 알고 보니 동갑내기 친구였다. 병원에서 알게 된 다른 보호자와도 가깝게 지내며 우리는 아픈 아이를 둔 부모로서의 동질감으로 하루하루를 버텼다. 그러다가 회복이 빨라 병원을 나가게 되는 아이와 보호자를 보면 축하하는 마음이 들기도 하지만, 한편으론 끝을 알 수 없는 나의 아이와 상황이 비교되어 착잡해지는 건 어쩔 도리가 없었다.

그렇게 수술 새치기 해프닝은 끝났다.

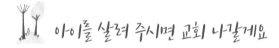

아이를 살려 주시면 교회 나갈게요

또다시 기다림이 이어졌다. 어느 날부터인가 나는 아이 옆에서 기도하고 또 기도를 했다. 처음에는 세상의 온갖 신에게 드린 기도가 이제는 하나님으로 바뀌었다. 하나님이 나를 선택하신 것이다. 그렇지 않고서야 스님의 옷만 봐도 눈물이 나고 스님이 되겠다고 절까지 찾아갔던 내가 하나님을 어찌 만났을까. 논리적으로 힘든 일들이, 과학적으로 증명하기 어려운 일들이 나에게 일어나고 있었다.

"하나님, 내 아이를 살려 주시면 교회 나갈게요."

하나님과의 협상이라니. 정말 기도 안 차는 일이지만 나는 그때 그랬다. 염치 불구하고 그런 기도가 절로 나온 건 그 또한 하나님의 뜻이겠지. 먹는 것조차 죄책감이 들고, 숨쉬는 것조차 사치스러웠던 나에게, 그렇다고 내가 할 수 있는 것 하나 없는 마당에 내가 할 수 있는 건 하나님께 구하는 것밖에는 방도가 없었다.

호흡기에 의존해야 겨우 숨을 쉬는 아이, 하루에도 수천 번씩 저승을 드나드는 아이를 보는 그 시간들이 나의 뼈를 삭게 만들고 피를 마르게 했다. 작은 숨을 몰아쉬며 겨우 생을 이어가는 아이 곁에서 눈물을 흘리면 그 눈물이 아이의 가슴을 타고 내릴까 봐 눈물도 맘껏 흘릴 수가 없었다.

'신은 이겨 낼 수 있는 만큼의 시련만 주신다'고 했다. 그 말을 믿었다. 그리고 우리의 의지는 신마저 움직였던 것 같다. 더 이상 희망이 없다고, 이젠 마음의 준비를 하라는 말을 들었을 때 무어라도 잡고 싶은 마음에 절에 다니던 내가 교회를 찾았다. 그리고 빌고 또 빌었다. 혹시 나에게 죄가 있다면 살면서 갚을 테니 제발 아이만은 데려가지 말아 달라고.

기도가 통한 것일까. 모유가 끊긴 지 두 달이 되어 가는데, 젖이 모자라 제대로 먹여 보지도 못했는데 내 가슴에서 젖이 흘렀다. 아이가 내 마음을 안 것일까. 꿈쩍도 않던 산소 수치가 올라가고 간 수치가 떨어졌다.

"어? 어? 수치가 떨어지고 있어요."

"어머나, 산소 수치가 점점 좋아지고 있어요."

기적이 일어나고 있었다. 의식을 찾은 아이에게 눈을 깜빡여 보라고 했다. 뽀얀 아이가 눈을 깜빡였다. 그때의 감격이란, 길고 긴 터널에 한 줄기 빛이 비치는 듯했다.

난 약속대로 교회에 나가고 있다. 얼마 전 내가 정말 좋아하는 정미 언니랑 얘기를 나누고 있었다.

"언니, 하나님은 이겨 낼 수 있는 만큼의 시련을 준다고 하셨잖아요? 하나님은 나를 잘 모르시나 봐요. 전 그렇게 큰 그릇이 아닌데."

언니의 간단명료한 답변.

"네 그릇은 구멍이 났나 봐."

순간 찬물을 끼얹은 듯 침묵이 흘렀다. 얼마나 많은 시련이 나에게 닥칠지 두려웠다. 그때 하나님의 음성을 들었다.

"언니, 구멍이 나서 내가 이렇게 살아가나 봐. 그렇지 않고서야 힘들어서 어떻게 살아."

그랬다. 내 시련은 그 구멍으로 흘러나가고 있었다. 그리고 그 부분을 행복으로 채워 나가고 있다.

일상이 기적이고 기적이 일상이 되기를

아이의 수술이 끝났다. 수술이 끝났다고 해서 없어진 좌심실이 생겼다거나 장기 위치가 정상으로 돌아온 건 아니다. 동맥관개존증 수술, 즉 동맥관을 막는 수술을 해 주어야 편하게 숨을 쉴 수 있다고 한다. 설명을 들어보니 그동안 우리 아이가 숨을 쉴 수 있었던 건 태어나며 막혀야 할 동맥관이 막히지 않아서였다는 것이다.

원래 아이가 세상에 나올 때 동맥관이 막히고 폐로 숨을 쉬게 되어 있는데, 우리 아이는 좌심실이 없어서 이 동맥관이 막히지 않은 채로 있었기에 호흡을 이어갈 수 있었다고 한다. 그나마 백일 동안 호흡하며 살 수 있었던 것도 이 덕분인데, 그로 인해 위급 상황이 발견되고 수술을 하게 된 것이니 참으로 아이러니하다. 사실 이 말이 맞는지는 잘 모르겠다. 내가 기억하는 한 그랬다.

첫 번째 수술은 동맥관개존증 수술로 진행되었다. 일단 폐로 숨을 쉴 수 있도록 하는 게 목적이었는데 워낙 심장 기형이 심각하여 결과를 장담할 수 없었다. 긴긴 기다림 끝에 수술을 마친 담당 선생님이 나를 불렀다. 미친 듯이 뛰어 들어갔지만 차마 아이를 바라볼 수가 없었다. 5킬로그램 남짓한 아이, 그 작은 아이 몸에 수많은 줄들이 늘어져 있었다. 아이 주변을 분주하게 오가는 간호사들과 수술 가운을 입은 선생님의 모습이 보였다.

선생님이 나를 발견하곤 손을 번쩍 들었다. 그 곁으로 가려는데 간호사가 아이의 주삿줄과 연결된 어딘가에 손을 댔다. 그러자 선생님의 벼락같은 소리가 허공을 갈랐다.

"손대지 마."

나도 간호사도 깜짝 놀라 서로 쳐다보았다.

"도파민엔 손대지 마! 도파민은 나만 볼 거니까 손대지 마세요."

한층 누그러진 목소리다. 간호사는 익숙한 듯 대답을 하고는 하던 일을 했다. 선생님은 그 약품을 체크하더니 비로소 내게 아이의 상황을 설명해 주었다.

"수술은 잘 됐습니다. 그런데 아이 상태가 어떻게 진행될지는 알 수 없어요."

"네? 그럼 우리 아이는?"

"자, 보이시죠?"

선생님은 한껏 예민해진 목소리로 여러 차트와 사진들을 보여 주며 말씀을 이어갔다. 무슨 말인지 전혀 알아듣지 못했다. 그저 아이 상태가 안 좋다는 말이라는 건 확실했다.

"오늘을 잘 견뎌야 합니다. 워낙 어린아이여서 매우 힘든 상태입니다. 하지만 제가 있을 겁니다. 너무 걱정 마세요."

자신이 있을 테니 걱정 말라는 그 말에 얼마나 안심이 되었는지 모른다. 수술동의서를 쓸 때도 나의 상황을 이해해 주신 선생님, 우리나라에서 다섯손가락 안에 든다는 명의가 괜한 말이 아니었나 보다. 기술이 뛰어나서 명의가 아니라 인술을 펼치기에 명의가 된 것이리라.

중환자실을 나오면서 뭘 해야 하는지 얼떨떨하기만 했다. 그저 흐르는 눈물을 닦아 내는 것밖에는 아무것도 할 수가 없었다.

그렇게 하루하루가 흘렀다. 아이는 꼼짝도 하지 않은 채 누워 있었다. 나는 아이가 숨을 쉬는지 확인하는 것으로 하루를 시작했다. 그때는 제발 꿈틀거리기만이라도 했으면 하는 심정으로 지켜보았다.

기계에서 들려오는 신호음은 가슴을 철렁하게 했다. 어느 기계에서든 신호음이 들리면 의료진들이 달려들어 분주하게 뭔가 조치를 취했다. 그러면 의사가 다가와 말했다.

"어머니, 오늘 밤이 고비입니다."

그런데 아이는 그 고비를 순간순간 잘 넘겼다. 그렇게 한 달 두 달 버텼다. 매일 고비라는 말을 들으며 견딘 것이다.

그때까지도 하나님을 믿지 않았기에 세상의 온갖 신들에게 의지하던 어느 날, 내 왼쪽 가슴에서 젖이 배어 나왔다. 나는 반사적으로 그 젖을 아이 입에 갖다 댔다.

'이 젖을 먹이면 아이가 살아나지 않을까?'

무엇이라도 하고 싶은 마음이 들었다. 한번 이상한 믿음이 생기면 속절없이 끌려가곤 했다. 나도 모르게 아이 입에 가슴을 갖다 댔는데 나오던 젖이 멈췄다. 그제서야 생각이 났다. 아이가 병원에 있는 동안 젖을 한 번도 먹이지 못해 젖이 끊긴 지 오래라는 것을.

어이가 없었다. 젖이 멈추자 아이의 숨도 멈춰 버릴 것 같아 무섭고 두려웠다. 나도 숨이 멎을 것 같았다.

"왜 젖이 안 나오는 거야? 아가! 젖 먹어야지."

나는 통곡을 했다. 이 모습을 바라보던 간호사들도 같이 울었다. 젖 한 방울이 아이 발가락에 똑 떨어졌다. 그러자 신기한 일이 벌어졌다. 젖 한 방울이 닿자마자 발가락이 움직였다.

"어머, 우리 아이 발가락이 움직여요!!"

그때부터였다. 하늘 높은 줄 모르고 올라가던 간 수치도 떨어지기 시작했다. 방금 흘린 젖이 생명수였던가. 그런데 몇 달 만에 아이가 살아난 기쁨을 누리기도 전, 의사가 쐐기를 박았다.

"어머니, 간이라는 것이 원래 죽기 전에 좋아졌다가 마지막을 맞습니다. 아마 오늘이 정말 고비인 것 같습니다."

중환자실 담당 의사는 '고비'라는 말밖에는 배우지 못했는지 그 말만 몇 달째 되풀이했다. 겨우 생명줄을 잡아낸 아이 앞에서 하는 소리하고는, 소리 나지 않는 방망이가 있다면 흠씬 두들겨 패주고 싶었다.

그런데 그 의사 말이 맞았다. 정상으로 돌아오는가 싶던 아이의 상태가 급격히 나빠지면서 위험 신호가 울리기 시작했다.

"뚜————"

중환자실에 있으면서 몇 번이나 들었던 이 신호음이 또 울렸다. 순식간에 의사들이 아이를 둘러쌌다. 심장이 뛰지 않았다, 아이가 너무 어려 수동 심폐소생을 시도했다. 190센티미터에 100킬로그램에 육박하는 의사가 주먹으로 아이 가슴을 눌렀다가 쳤다가를 반복했다. 의사는 병실이 떠나가라 뭐라고 소리치고, 간호사들이 움직였다. 아이 입에서 '컥' 하는 소리와 함께 시커먼 돌덩이 하나가 나왔다. 그동안 인공호흡기를 통해 가래를 뽑아냈는데 미처 나오지 않은 것들이 돌처럼 굳어서 기도를 막았던 것이다.

다시 기계는 뚜두두 소리를 내며 움직이기 시작했다. 우리 아이는 또 한 번 고비를 넘겼다. 기적이었다. 수술을 마치고 중환자실에서 지내면서 이러한 기적은 일상이 되었다. 매번 고비였고 매번 넘기는 과정, 기적은 어느 날 일어나는 불가항력적인 사건이지만, 적어도 우리 아이에겐 일상이 되었다.

생각해 보면 얼마나 감사한 일인지 모른다. 다만 매일매일 숨을 쉬고 살아갈 수 있는 일상이 기적이고 기적이 일상이 되기를 오늘도 기도한다. 그리고 매일 아침 아이가 숨을 쉬고 있는지 살피는 일을, 나는 19년째 해 오고 있다.

터널 속에서 이어진 기도

어린 시절 우민이의 입술은 늘 보랏빛이었다. 심장병을 가진 아이들의 특징이랄 수 있는 청색증 때문이지만 그래도 다른 아이들처럼 잘 커주었다. 물론 병이 없는 아이들과 비교할 수 없이 잔병치레도 많고 늘 병원을 다니며 체크해야 했지만, 그 정도는 앞으로 또 한 번 치를 수술에 비하면 아무것도 아니었다.

아이가 두 돌을 넘기면서 내 마음은 조금씩 조금씩 무거워졌다. 또 수술을 앞두고 있었기 때문이다. 첫 번째 동맥관개존증 수술을 마치고 거의 일 년 만에 집에 와서도 계속 병원에 다니며 산소 공급을 받는데, 아이의 청색증은 사라지지 않았다. 결국 폰탄 수술을 결정했다. 가슴을 열고 해야 하는 두 번째 수술, 그것도 어린아이가 또다시 수술을 받아야 한다는 사실에 심장이 내려앉았다.

선천성 심장병을 지닌 아이들이 최종적으로 선택한다는 폰탄 수술은 단심실 환아들이 최종적으로 시행하는 수술이다. 두 개의 혈액 순환을 담당해야 할 펌프가 한 개밖에 없어 이 하나의 펌프가 전신으로 혈액을 공급하는 역할을 한다. 이럴 경우 폐순환을 담당하는 펌프가 없어서 전신을 순환한 혈액이 심장을 거치지 않고 바로 폐로 흘러가는 새로운 길을 만들어 준다. 이것을 폰탄 수술이라고 하는데, 좌심실이 없는 우리 아이에게 필요한 수술이었다.

문제는 한 차례 대수술을 했고 중환자실에서 오랫동안 있던 터라 장기가 제대로 자리를 잡았는지, 다시 의식을 회복할 수 있을지, 여러 가지 좋지 않은 상황에서 판단을 해야 했다. 결국 소아과 선생님과 흉부외과 선생님이 회의 끝에 내린 결론은,

"이번 수술은 할 수 없습니다."

그만큼 수술이 위험했고, 수술 중에 사망할 확률이 높다는 것이다.

안 해도 죽고 해도 죽는다면, 하면 살 수 있는 기회라도 있는 것 아니냐며 나는 무작정 매달렸다.

"어머니, 지금 우민이 상태가 어떤지 보세요. 처음 수술한 뒤쪽에 유착이 너무 심합니다. 이런 상태에서 또 수술을 하면 안 됩니다."

"그래도 선생님, 우리 애 살려 주셨잖아요. 앞으로 얼마를 살지 모르지만 좀 더 편하게 살아야 하잖아요. 수술해 주세요."

"안 됩니다."

선생님은 동의서를 들고 간 나를 매몰차게 돌려보냈다. 얼마 뒤 소아과 선생님이 올라와서 나에게 재차 물었다.

"어머니, 이 수술 정말 해야 되겠어요?"

"해야 한다면서요. 그럼 해 주세요."

"살 가망이 10%도 안 되는데, 그래도 해요?"

"할래요."

나의 강경함에 소아과 선생님도 말없이 돌아섰고, 거의 네 시간이 지난 뒤 흉부외과 선생님이 수술을 하기로 결정했다. 근 2년 동안 대수술에 크고 작은 시술을 해 온 우리였다.

또다시 기나긴 수술이 끝나고 흉부외과 선생님이 수술실 문을 박차고 나오며 말했다.

"어머니, 지난번보다 수술이 더 잘됐어요."

그럴 줄 알았다. 우리나라 두 명의가 우민이 앞에 섰는데 안 될 리가 없었다. 그리고 그 손끝에 그 마음끝에 하나님 함께해 달라고 기도하고 기도했는데, 기도의 용사들이 얼마나 떼를 쓰며 기도했는데 안 될 리 없었다.

그렇게 우민이는 두 번째 수술까지 마쳤다. 다시 말하지만 그렇다고 아이 상태가 정상으로 돌아온 건 아니었다. 하지만 적어도 호흡에 문제가 없고 심장 기능을 최대한 할 수 있도록 해 주는 것으로도 만족했다. 이번에는 부산공동모금회에서 수술비를 지원해 주었다.

우민이는 수술을 마친 뒤에도 잘 먹지 못했다. 아무래도 심장에 문제가 있는 아이들은 영양 공급이 힘들다. 수술 후 아이 옆구리에 꽂아 놓은 흉관으로 나오는 물은 3일 정도면 사라져야 하는데, 한 달이 지나도 흉관을 타고 흘러 나왔다.

"왜 물이 계속 나오는지 모르겠네요."

의사들도 이유를 모르겠다며 일단 금식을 해 보라고 했다. 네 살 아이가 생으로 굶는 것은 참 견디기 어려운 일이었다. 칭얼대는 아이를 달래 가며 나도 금식을 했다. 삐삐마른 아이 앞에서 먹는 게 죄였다.

금식 하루가 지나고 이틀이 지났다. 수액으로만 견디는 아이, 물로 버티는 엄마. 아이가 얼마나 힘들면 내가 잠시 자리를 비운 사이에 물을 몰래 마시다 시트에 쏟았다. 그리고 나를 보더니 울음을 터뜨렸다.

"배고파."

아이가 울었다. 나도 울었다.

아이는 배고파 울고, 혼날까 봐 울고, 나는 아이가 불쌍해서 울었다.

이 모습이 보기 딱했는지 의료진은 물은 마셔도 된다고 했다. 아이는 물병을 들고 벌컥벌컥 마셨다. 여전히 옆구리에선 물이 샜다.

그때 드레싱을 하러 레지던트 선생님이 왔다. 반갑지 않은 선생님이었다. 사람을 대놓고 싫어해선 안 되는데, 정말 이 선생님에 대한 마음은 나아지지 않았다.

"어머니, 결국엔 아이가 죽을 수 있어요."

이 말을 입버릇처럼 하는 사람이었다. 의료진으로서 최악의 경우를 인지시키는 것이 당연한 의무일 수도 있지만, 볼 때마다 녹음기를 틀어 놓은 듯 똑같은 말을 되풀이하는 그의 태도에 정말 화가 났다.

그가 흉관 주변 드레싱을 시작했다. 물이 자꾸만 샜다. 조금 있으니 관이 막혀 뚫어야 했다. 흉관은 탄성이 있어 살짝 늘렸다가 놓으면 막혔던 관이 뚫리고 흉관 주변으로 새는 물의 양도 줄어든다. 이 과정을 오랫동안 하다 보니 나도 도사가 되었다.

그건 그렇고, 드레싱을 여러 차례 하다 보니 흉관 주변에서 새는 양이 많아졌다.

"어머니, 물이 새서 안 되겠어요. 꿰매야 하는데, 마취하면 더 아플 수 있어요. 그냥 꿰맬 게요."

"네? 안 돼요. 어떻게 생살을…. 마취해 주세요."

정확히 거절했다. 그러다가 필요한 물품이 있어 지하에 잠시 다녀오는데 병실에서 아이 비명소리가 허공을 찔렀다.

"아아악~"

이게 어찌된 일인가. 그 레지던트란 사람이 아이의 생살을 꿰매고 있었다. 나는 이미 기절 직전인 아이를 달랬다. 그리고 그를 쏘아보았다. 분명히 살기를 느꼈으리라. 처치가 끝나자 그는 황급히 자리를 떴고, 나는 간호사에게 아이를 부탁하곤 담당 선생님 방으로 뛰어올라갔다.

억울하고 참을 수가 없어 자초지종을 설명했다. 선생님도 얼굴빛이 붉으락푸르락 바뀌더니 당장 처치실로 뛰어갔다. 당연히 그 레지던트는 엄청 혼났다. 그리고 선생님은 아이에게 사과하고 손을 꼭 잡아 주었다.

교수님에게도 우민이는 특별한 환자였다. '희소난치성' 아이의 사례가 워낙 특별해서 연구 대상이 되고 있다는 것이다. 훌륭한 선생님이 더 많지만 간혹 그렇지 않는 이들도 의료 현장에서 만날 수 있다는 것이 씁쓸했다.

생살을 꿰매는 사건 이후에도 우린 계속 병원에 있었다. 논문을 읽고 사례를 연구하며 처방했지만 물이 멈추지 않았다. 내가 할 수 있는 일은 기도하는 것뿐이었다. 좀 더 현실적으로 말하면 기적을 바랐다.

그날 새벽도 뒤척이다 잠이 깼다. 그러자 옆에서 어떤 분의 목소리가 들렸다.

"자요?"

"아아뇨. 지금 깼어요."

"나 때문에 깼나 보다. 그럼 나랑 새벽 기도 가요."

"새벽 기도요?"

아이만 살려 주면 교회에 나가겠다고 하고선 약속을 지키지 못한 나였다. 그 기도 후에 아이가 깨어났음에도 나는 기도를 할 줄 모른다는 이유로 교회 나가기를 게을리하고 있었는데 생각지도 못한 상황에 새벽 기도라니. 참 신기한 일이었다.

"네, 갈게요."

나는 그분을 따라 새벽 기도를 갔다. 새벽 5시쯤 되었을까, 캄캄한데 십자가에서 빛이 났다. 벌써 기도 소리가 들려왔다. 그런데 난 기도를 어떻게 해야 하는지도 모르겠고, 아이를 간호하다 지쳐 어둠 속에서 잠이 쏟아졌다. 그때 천사들의 합창 소리가 들렸다. 정말 아름다운 천상의 하모니였다. 깜짝 놀라 주변을 살펴보니 함께 온 분밖에 없었다. 찬양 소리에 귀를 기울이고 있으니,

'괜찮아, 괜찮다.'

나를 위로하는 소리 같았다. 바닥에 엎드려 울기 시작했다. 찬양 소리는 더욱 커져 갔다. 나의 울음소리도 더욱 커져 갔다. 그렇게 한참을 울고 나니 속이 후련했다. 기도를 멈추니 찬양 소리도 멈추었다.

"가요."

제대로 기도도 못하고 울다가 병실로 돌아왔다. 아침 식사가 나왔다. 아이와 밥을 먹고 있는데 이번에 다른 레지던트 선생님이 와서 드레싱을 했다. 밥도 제대로 먹지 못했는데 드레싱을 마치고 나서 아이가 아프다고 계속 울었다. 흉관이 있어도 비교적 자유롭게 움직이곤 했는데 자꾸 흉관에 손을 댔다. 드레싱을 하다가 뭘 잘못 건드린 건지 아이를 찌르나 보다. 선생님이 올라오셨다.

"할 수 없네. 흉관을 빼고 며칠 지켜봅시다. 며칠 지난 뒤 다시 흉관을

삽입해야 할지도 몰라요. 일단 마취한 뒤 이 자리를 꿰맵시다."

그런데 기적이 일어났다. 아침까지만 해도 물이 샜는데 흉관을 뺐는데도 물이 새지 않았다.

"하나님이 하셨네."

기도를 함께 다녀온 분이 말했다. 하나님만이 할 수 있는 일이었다. 부족한 나의 기도를 들어주신다는 생각에 든든했다. 나에게도 빽이 생긴 것이다.

새벽 기도는 아이와 지난한 투병 과정을 이겨 내는 힘이 되고 있다. 또한 가장 고단하고 지쳤을 때 기적이 일어나는 통로가 되고 있다. 부족하지만 간절한 엄마의 기도, 서툴지만 온 힘을 다하는 기도에 축복을 담아 터널을 건너가게 하시는 것 같다. 덕분에 변화무쌍한 하루하루를 보내는 우리는 위로를 받으며 살아가고 있다.

하루하루를 살아낸 기적

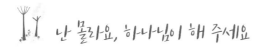 난 몰라요, 하나님이 해 주세요

"하나님이 해 주세요."

이 기도를 참 많이 했다. 누가 들으면 신앙심이 무척 깊은 것 같지만, 솔직히 고백하면 참 연약하고도 이기적인 기도다.

아이가 아프면서 하나님을 찾게 된 나는 무늬만 크리스천이었다. 상황이 너무나 급해 교회를 나간 나는 내 힘으로 할 수 있는 게 아무것도 없음을 알고 하나님께 매달렸다. 하나님이 어떤 분인지 알려고 하는 마음은 없었고, 그저 내 짐이 무거워 예수님 짊어진 십자가에 슬쩍 올려놓는 데 급급했다.

"하나님, 하나님이 해 주세요."

그분은 이 단순한 기도에도 응답하시어 때마다 은혜를 베풀어 주셨다. 하늘 높이 치솟던 간 수치가 떨어지고, 계속 차오르던 복수가 하루 아침에 마르기도 했다.

그런데도 사람이 참 이기적이고 간사해서 상황이 조금 나아지자 게을러졌다. 어릴 적부터 혼자 있는 걸 좋아해서 교회에서의 교제도 소극적이었다.

믿는 사람들의 공동체에서도 혼자 아이를 키우는 엄마는 관심의 대상이었다. 그 관심을 견디지 못해 교회를 피하게 되었고, 그러다 아이가 아프면 다시 나가기를 반복했다. 이런 나의 모습이 하도 한심하여 어느 날은 기도할 면목도 서지 않았다.

"하나님, 저는 면목이 없어요. 근데 제 아이를 위해 기도하는 사람들의 기도를 들어주세요."

이렇게 어이없는 기도를 드리곤 했다. 그럼에도 하나님은 나의 기도를 들어주시고 아이를 살리고 또 살려 내셨다. 아무리 초긍정적인 힘으로 버티려고 노력했지만 사는 게 힘들어 쓰러지려 할 때 기적 같은 일을 베풀어 주셨다.

제주에 내려와 살면서 아픈 우민이를 돌보며 생계를 이어나가야 했다. 기초수급자로 살아가는 나는 병원비에 생활비에 헉헉거릴 수밖에 없었다. 당장 먹고 사는 게 힘들다 보니 저절로 기도가 나왔다.

생업을 위해 주어진 대로 일을 해야 하니 아이 돌보는 것이 문제였다. 유치원에 하루종일 맡기는 것도 여간 눈치가 보이지 않았다. 특별한 돌봄이 필요한 아이를 맡아 줄 곳이 있었으면 좋겠다는 간절한 마음이 통했을까, 희망센터를 만나게 되었다.

늦은 시간까지 운영하며 학습도 시키고 식사도 해결할 수 있는 센터, 생활이 어려운 가정을 우선으로 받아준다는 말에 절로 감사가 나왔다. 그런데 초등 1학년부터 가능하다고 했다. 하지만 하나님이 해 주셨다. 우민이를 받아 주었다. 다만 유치원에서 겪은 아픔이 있어 적응을 잘할지 걱정되었지만, 이 또한 하나님이 해 주시겠지 하고 슬쩍 밀었다.

우민이는 엄마의 걱정을 이미 눈치채고 있었다. 녀석은 낯선 환경에 적응해야 하는 것이 싫었을 텐데도 꾹 참았다. 하루 종일 낯선 환경에서 살아야 할 아이, 아픈 심장을 껴안고 엄마를 기다려야 할 아이, 그럼에도 떨어질 수밖에 없는 상황에 우리 모자는 밤새도록 펑펑 울었다.

"엄마, 다녀오세요."

"정말 그래도 되겠어?"

"네, 괜찮아요."

너무도 일찍 철이 들어 버린 일곱 살 아이의 눈빛을 지금도 난 잊지 못한다. 아무리 고향으로 귀백했다고 해도 아픈 아이의 엄마, 어떤 스펙도 지니지 못한 엄마를 위한 일은 없었다. 어디든 적응해야 했고, 뭐든 할 수 있고 해야만 했다.

다행히 아이는 센터 선생님들의 격려와 도움으로 적응을 해 나가는 듯싶었다. 물론 함묵증은 계속 되었기에 내 가슴은 타들어 갔다. 혹시 아프기라도 하면 어쩌나, 내가 24시간 전화를 열어두고 있지만 그래도 바로 대처할 수 있는 건 아니니까 늘 신경이 곤두서 있었다.

"아가, 아프지 마라. 네가 아프면 내 가슴엔 핵폭탄이 터진다."

아침마다 이렇게 말하면 아이는 배시시 웃곤 했다. 겨울이 다가오면서 아침마다 건네는 이 인사에 힘이 실렸다. 심장병 아이들에게 겨울은 유독 힘든 계절이기에 조심했는데 우려했던 상황이 벌어졌다.

"어머니!"

전화기 너머 들리는 심상찮은 목소리에 온몸이 경직되었다. 무슨 일이 벌어졌음을 직감했다.

"우민이 지금 병원으로 가는 중이에요. 객혈을 해서요."

"네? 객혈요?"

심장 수술을 하면 여러 부작용이 나타나곤 한다. 우리 아이에게는 피를 토하는 증상, 객혈로 나타났다.

구급차에 실려 간 우민이의 객혈 양은 좀 많았다. 담당 선생님은 혈관이 터진 것 같다며 응급 수술을 하자고 했다. 가슴을 여는 수술이 아닌 심도자술을 이용한 시술이었다. 급히 '심도자술을 이용한 코일 색전술' 시술이 행해졌고, 객혈은 곧바로 멈췄다.

문제는 병원비였다. 중증심장병이라는 등급이 있지만 혈관 시술은 지원 혜택에 제한을 받기에 앞이 캄캄했다. 그 당시 친정어머니 집에 얹혀 살며 최저생계비를 버는 정도였는데, 그 큰돈을 마련할 방법이 없었다.

"하나님, 하나님이 해 주세요."

이 간절한 기도가 닿았는지, 또 한 번 도움의 손길이 연결되었다. 우민이를 맡아 준 센터에서 우리 사정을 알고 팔을 걷어붙였다. 병원 사회복지과와 시청 주민생활지원과에 일일이 전화를 걸어 병원비를 해결해 준 것이다.

여전히 우리 생활은 불안하고 흔들렸다. 그러나 하나님은 내 뒤에서 든든한 빽으로 항상 나를 위해 움직이시는 걸 느낀다. 궁핍할지언정 굴욕적이지 않았고, 힘들지언정 웃음을 잃지 않았다.

제주의 하늘을 함께 볼 수 있는 '오늘'이 행복하다.

내일 일은 난 몰라요!

불안함의 전조 증상

엄마의 직감이 있는 것일까, 얼마 전부터 알 수 없는 불안이 엄습해 왔다. 심장병과는 평생 친구로, 그리고 함묵증과 싸우느라 힘겨울 텐데 우민이는 초등학교 생활을 그럭저럭 해내고 있었다.

"엄마, 몸이 가려워요."

며칠 전부터 아이 몸에 두드러기 같은 게 나기 시작했다. 목욕을 하지 않아서 그런가 싶어 욕조에 물을 받아 때를 밀어 주었다. 제법 자란 녀석은 좋다고 장난을 쳤다. 그 장난이 좀 불편해 보였지만 아이 상태를 눈치 채지 못하고 목욕을 마쳤다.

그런데 아이 몸에 난 두드러기가 더욱 도드라졌다. 많이 간지러운지 긁어대는 아이에게 내일 병원에 가 보자며 달랬다. 이것이 징조였을까,

따로 자던 아이가 오늘은 같이 자겠다며 베개를 들고 왔다.

하지만 아이는 밤새 뒤척였고, 바보 같은 엄마는 자꾸만 잠이 쏟아졌다. 아이가 깨우면 간지러운 곳에 로션을 발라 주고 머리를 쓰다듬어 주니 아이는 잠이 들었고, 나도 깜빡 잠이 들었다.

"엄마, 엄마."

잠결에 다급한 소리가 들렸다. 벌떡 일어나니 아이 입에서 피가 나왔다.

'객혈이다!'

다행히 양은 많지 않았다.

사실 아이는 입을 닫기 시작한 일곱 살 되던 해부터 객혈을 했다. 혈관이 꼬여 있는데다 심장 기능이 저하되다 보니 혈관이 터지면서 객혈을 하는 것인데, 그동안 피 양이 많지 않아 어느 정도 약물로 지혈을 시켜왔다. 처음에 객혈을 시작했을 때는 너무 놀랐는데, 놀라는 일도 반복되면 일상이 되는지 그날도 덤덤했다.

수건으로 피를 닦고 비닐에 담았다. 피의 양을 체크해서 병원에 가져가야 하기 때문이다.

"구급차 부를까?"

"아니요, 엄마 차로 가도 돼요."

우리는 구급차로 가야 하는지 차로 가도 되는 상황인지 알고 있었다. 대부분 우리의 판단이 맞았기에 그날도 내가 운전을 했다. 피를 토하는 위급한 상황에서도 덤덤하게 처리하는 우리를 보고 사람들은,

"얼마나 이런 일을 많이 겪었으면 그렇게 초연할 수 있을까?"

안타까워했지만 이미 10년째 위험한 상황을 겪고 있기에 현실로 받아들였다. 다행히 병원에 가는 동안 아무 일도 일어나지 않았다. 병원에 도착해서 피를 닦아 낸 수건을 의사에게 보여 주고 사진도 보여 주었다.

"이 정도면 종이컵으로 2/3 정도 되겠네요. 많은 양은 아니에요."

다행이었다. 그리고 아이 몸에 난 두드러기에 대해서도 말했다. 그런데 별것 아니라는 듯 말씀하셔서 감기 기운인가 하고 심장약만 타기로 했다. 심장 수술을 한 아이는 평생 약을 먹어야 하는데, 그래서 아이 소변에선 약 냄새가 난다. 그걸 보는 것이 너무 안타까워 물었다.

"선생님, 우리 아들 언제까지 심장약 먹어야 돼요?"

"비타민이라고 생각하고 드세요."

사람들은 영양제를 먹는다. 그렇게 생각하면 된단다. 더 이상 할 말이 없어 약만 타가지고 왔다.

가벼운 마음으로 병원 근처 시내를 돌아다녔다. 아들이 좋아하는 영화도 보고, 쇼핑도 했다. 오후 4시, 아이는 피곤한지 집으로 가자고 했다. 아침 일찍 집에서 나왔으니 제법 시간이 많이 지났다.

"그래, 이제 집에 가자."

집과 병원은 한 시간 거리인데, 집에 가려면 '평화로'를 지나야 한다. 그런데 그날 평화로는 우리에게 전혀 평화롭지 않은 길이 되었다. 며칠째 괜히 불안했던 것이 전조 증상이었던 것이다.

커튼 속으로 사라진 아이

"엄마, 엄마!!"

또다시 아이의 다급한 소리가 들렸다. 잠결에 들으니 뭔가를 입안에 가득 머금은 목소리였다.

'설마??'

아이와 기분 좋게 집으로 돌아오던 길, 평화로로 들어선 나는 갑자기 졸음이 쏟아져 갓길에 차를 세우고 잠시 잠을 청했었다. 아이에게 10분 뒤에 깨워 달라고 부탁하고 잠이 들었는데, 아이 목소리는 나를 깨우는 목소리가 아니었다.

'살려 주세요!'

절규였다. 번쩍 눈을 떠보니 아이 입에서 시뻘건 피가 뿜어져 나왔다.

아이가 놀랄까 봐 차분하게 대처했지만, 내 심장은 마구 뛰기 시작했다. 트렁크에서 수건 두 장을 꺼내 아이 입을 막았다. 비상등을 켜고 정신없이 차를 몰았다. 그런데 퇴근 시간이 다 되어 도로에 차가 너무 많았다.

'빵빵!'

경적을 울리고 비상등에 하이빔을 켰지만 역부족이었다. 그러는 동안에도 아이 입에선 계속 피가 쏟아져 나왔다.

"우민아, 괜찮아. 금방 병원에 도착할 거야."

피 때문에 전혀 말을 할 수 없는 아이는 오히려 고개를 끄덕이며 나를 안심시켰다.

'쓸데없이 시내 구경하지 말걸.'

후회가 밀려왔다. 눈에선 이미 눈물이 폭포수처럼 흘러내렸다. 아이에겐 눈물을 보이고 싶지 않았지만 이미 들켜 버렸고, 아이도 울고 있었다.

"괜찮아?"

"네, 괜찮아요."

서로 괜찮지 않다는 걸 알면서도 우리는 묻고 또 물었다. 얼마쯤 달렸을까. 겨우 병원에 도착한 나는 병원 입구에서 차를 막아서는 경비 아저씨에게 긴급이라 외치며 응급실 앞에 차를 댔다. 곧바로 병원 안에서 의료진이 나왔다. 그들의 손에 아이가 맡겨진 순간, 아이도 나도 모든 에너지가 다 소진됐다. 아이는 참고 참았던 피를 다 쏟아내고 있었다. 그리고 외마디 비명.

"아악~"

아이는 결국 외마디 비명을 지르고 정신을 잃었다. 의료진이 긴급하게 모여들었고, 그들은 커튼 속으로 사라졌다. 그리고 뒤이어 심장 박동기가 따라붙었다. 커튼 뒤에서 각종 기계음이 들려왔지만 아들은 신음 소리조차 들리지 않았다.

너무도 불안했다. 나의 심장도 미친 듯이 요동쳤다. 잠시 뒤 커튼이 열리고 담당 선생님이 나왔다. 표정이 어두웠다. 그 자리를 피하고 싶었다. 그분이 어떤 말을 할지 두려웠다.

"바로 수술 들어갑니다."

아이가 침대에 실려 나왔다. 의식이 없는 아이의 축 늘어진 모습을 보며 또다시 주저앉았다. 수술실로 들어간 아이, 늘 하던 대로 뭔지도 모르는 서류에 사인을 하고 나니 수술실 불이 켜졌다.

'하나님, 잘못했어요. 무조건 잘못했어요.'

한참 잘못을 고백하며 기도하다 보니 수술이 끝났다. 수술은 성공적이었다. 터진 혈관을 조형술로 연결하는 수술이었는데 다행히 잘되어 사흘 뒤에 일반 병실로 옮길 정도로 회복이 빨랐다.

"우민 엄마, 그럴 줄 알았어. 엄마가 그렇게 애쓰는데 잘돼야지."

오랜 병원 생활을 통해 의사에 대한 믿음과 살 거라는 믿음을 가진 환자가 잘 이겨 낸다는 중환자실 수간호사 선생님의 말이 큰 위로가 되었다.

우민이의 병실은 암병동이면서 여자 병실이었다. 면역력이 약한 아이여서 일반 소아병동은 감기 환자도 있고 해서 갈 수가 없다. 우민이는 남자지만 간호하는 내가 여자이기에 배려를 해 준 것이다.

다시 병실로 돌아가니 모두 기뻐해 주었다. 의식이 없는 상태에서 수술을 한 것도 기적이고, 그 위급한 상황에서 빨리 일반 병실로 옮긴 것도 기적이라고 했다.

의식이 돌아온 우민이는 여전히 입을 닫고 자기 할 일을 했다. 아이가 하는 일은 책을 읽는 것이다. 99일 되던 날부터 열 살이 된 때까지 셀 수도 없이 입원을 하고 병실에서 편안하게 책을 읽는 수준이 되다 보니 주변에선 다들 신기해했다. 그럴 때면 왠지 내 어깨가 들썩였다.

저녁 회진 시간에 담당 선생님이 와서 보더니 이러셨다.

"내일 퇴원합시다."

주변에서는 잘됐다며 축하의 말을 했지만 나는 불안함을 감출 수 없었다. 사실 내일 퇴원하자는 말은 내게 징크스 같은 것이었다. 지금까지 내일 퇴원하자는 말에 퇴원해 본 적이 없었던 것이다.

'오늘 퇴원하지 뭐.'

이 말은 정말 퇴원이었지만, 내일 하자는 말은 불안했다. 그 마음을 모르는 주변 사람들의 축하에 억지로 답을 했다.

'괜찮을 거야, 이번엔 괜찮겠지.'

다음 날 아침이 되었다. 아침 식사가 와 있는 것도 모르고 아이와 같이 자고 있다가, 아침 회진 때 퇴원이 결정되어 원무과에서 정산이 끝나길 기다리고 있었다.

간호사가 와서 주사를 빼자고 했다. 그 말에 우민이가 소스라치게 놀랐다. 아이는 주사도 싫어하지만 주사 자국에 붙여 둔 반창고를 떼는 걸 더 무서워했다. 수술 자국이 벌어지지 않도록 테이핑 처리를 하고 떼어 내다 보면 살갗이 벗겨지기도 했던 기억에 아이는 테이프 떼어 내는 것을 정말 싫어했다. 그리고 오늘따라 유난히 거부 반응을 보였다. 약간의 실랑이를 하던 중 아이가 기침을 했다.

"피다!"

아이 입에서 피가 나왔다. 다행히 많지는 않았다.

"거봐, 어제 퇴원하다고 할 때부터 알아봤어."

나도 모르게 이 말이 나왔다. 그 사이 간호사는 의사를 부르러 갔고 아이는 조금씩 피를 뱉기 시작했다. 또다시 사태가 심상치 않음을 직감했다. 나도 모르게 비상벨을 계속 누르며 의사를 독촉했고, 바로 간호사와 의사가 병실로 들어섰다.

　순간, 아이 입에서 시뻘건 피가 뿜어져 나왔다. 지난번과는 비교도 안될 만큼, 마치 남아 있는 몸속의 피가 모두 쏟아지듯 쿨럭쿨럭 쏟아졌다.

　"아아악~ 허리야!"

　한참 피를 쏟던 아이가 허리를 붙잡고 쓰러졌다. 또다시 의식이 사라졌다. 의료진들이 다시 아이를 데리고 갔다. 엄마는 남아 있으라는 말을 남긴 채.

　아이는 다시 내 앞에서 사라졌다. 아이가 간 곳은 2중환자실, 두 군데 중환자실 중에 더 위급한 환자가 들어가는 2중환자실로 들어간 아이는 몇 시간이 지나도록 소식이 없었다.

　마침내 담당 선생님이 모습을 드러냈다. 그 모습에 안도할 틈도 없이 선생님은 다시 중환자실로 불려 들어갔다. 큰일이 난 게 분명했다.

　"선생님, 선생님!! 어레스트예요."

　멀리서 들리는 다급한 목소리, 급기야 우민이의 심장이 멈춰 버렸다는 사실을 알게 되었다.

어머니, 이제 아이를 놓아 주세요

"여기까집니다. 어머니, 마음의 준비를 하세요."

피를 너무 많이 토한 아이는 깨어나지 못했다. 더 이상 가망이 없는 걸까, 더 이상 물러설 곳이 없다는 것을 직감적으로 느꼈다. 아아, 내 아이를 더 이상 이 땅에 붙잡아 둘 수 없는 것일까. 오히려 사는 게 고통스러운 아이를 붙잡고 있는 내가 이기적인 엄마인 건 아닐까. 온갖 생각이 교차했다.

'아가, 여기까지인가 봐. 이제 그만 너를 놓아 줘야겠다. 더 이상 고통받지 말고 가라. 고통 없는 곳에 가서 편하게 지내렴.'

자기 별로 떠나려는 아들을 보기 위해 가족들이 왔고, 마지막 인사를 나누었다. 애타게 아슬아슬하게 생명을 붙잡고 연장시켜 10년을 함께했는데 이렇게 허망하게 떠나다니, 미쳐 버릴 것만 같았다. 자식을 눈앞에서 떠나보내야 한다는 사실이 믿기지 않았다.

중환자실에서 다시 요란한 기계음이 들렸다. 아들의 목소리가 기계음이 된 듯 찢어질 듯 날카로운 소리가 신경을 긁었다.

"어머니, 와 주세요."

중환자실은 정해진 시간 외에 보호자가 들어갈 수 없었으나 언제 마지막이 될지 모르니 엄마가 곁에 있도록 해 주었다. 덜덜 떨면서 아이 곁으로 가자 요란했던 기계음이 멈췄다. 의료진이 부산하게 움직였고, 다시

나가라는 말에 나가려고 하니 기계음이 다시 요란을 떨었다. 할 수 없이 다시 불려갔다. 피는 멈췄고 멈춰 버린 심장도 전기 충격기 덕에 움직이기 시작했다.

하루가 지났다. 선생님은 밤새 아이를 살릴 방법을 찾았다. 논문과 학술지를 읽고 아이를 살릴 수 있는 방법을 찾아보았다고 한다. 초췌한 얼굴로 나타난 선생님의 얼굴을 보니 마음이 짠했다. 단 하나의 핏줄인 엄마 외에 고마운 분들의 응원과 노력이 아이를 지켜내려고 하다니, 고맙고 또 고마웠다.

"어머니, 다시 한번 해 봅시다."

죽어 가는 아이를 수술실로 들여보냈다. 사형수가 기나긴 복도 끝에서 있는 기분이 이럴까. 어느 곳 하나도 희망의 빛이 들지 않았다. 그래도 엄마는 달라야 했다. 이곳에서 희망을 찾아내야만 했다. 그렇게 여덟 시간을 수술실만 바라보며 버텼다.

"성우민 보호자!"

수술실에서 나를 부르는 소리에 튕겨져 나갔다. 드디어 수술이 끝났나 보다. 수술실에서 나온 선생님은 수술 경과에 대해 말씀하셨다. 그런데 선생님의 눈빛에서 희미한 희망이 보였다. 혈관이 어떻고 그래서 이렇게 했고…. 그런데 내 귀엔 '수술이 잘됐다' 는 말만 또렷이 들렸다.

휴~ 한숨을 내쉬며 안도하기도 전, 또다시 간호사의 다급한 소리가 들렸다. 아이가 누운 채로 피를 토한 것이다. 다시 병실로 들어간 선생님이 긴급조치를 마치고 다시 나왔다.

"제가 할 수 있는 일은 다 했습니다, 어머니."

"……."

"어머니, 혹시 교회 다니십니까?"

"네."

"제가 병실 하나 내어 드릴 테니 쉬면서 기도하세요. 이제부터 하나님께 맡길 수밖에 없습니다."

담당 선생님은 함께 기도하자며 위로했고, 나는 병원의 배려로 병실로 들어갈 수 있었다. 모두가 손을 놓은 상태, 아무렇게나 침대에 몸을 구겨 넣었다. 그렇게 의식을 잃었다.

꿈인지 무의식인지 누군가 나를 깨우는 소리가 계속 들렸다. 얼마나 지났을까, 간호사가 나를 일으켜 세웠다. 아무리 깨워도 일어나지 않은 걸 보니 의식을 잃었던 게 맞았다. 담당 선생님이 나를 보자는 말을 듣고 다시 진료실로 갔다.

"어머니, 좀 쉬셨어요?"

"네."

"어머니, 이제 아이 놓아 주세요."

아무 말도 할 수 없었다. 의사 입에서 그 말을 들으니 마음이 무너졌다. 보통 심장병 아이들은 아홉 살이면 별이 된다는 속설이 있다. 아마 여리디 여린 심장이 성장을 견디지 못해서 이런 이야기가 생겼나 보다. 심장병 환아의 가족은 이 속설을 믿고 싶지 않지만 마음 한구석으로 새겨듣게 되는데, 솔직히 아이가 열 살 되었을 때 나는 안도했다. 아, 아홉 살의 문턱을 넘었구나, 이제 내 아들은 더 살겠구나, 안심했던 것이다. 그런데 아니었나 보다.

"어머니."

선생님이 정신줄을 놓고 있는 내게 손을 내밀었다. 나는 말없이 고개를 끄덕였다.

"흑흑흑…."

쉴 새 없이 눈물이 흘렀다. 우린 둘 다 묵언의 동의를 하며 우민이를 천국으로 보낼 생각을 하고 있었다. 누가 먼저랄 것도 없이 어깨를 들썩이며 한참을 울었다.

그런데 그때 신기하게도 두 사람은 누가 잡아 올린 듯 고개를 들었다. 선생님이 나를 쳐다보는 눈길이 결연했다.

"어머니, 다시 한번 해 봅시다."

"네 선생님, 다시 한번만 해 주세요."

끝내 아이의 손을 놓지 않고 다시 움켜쥐었던 김성호 선생님의 따뜻한 손길. 열 살 아들의 심장은 다시 뛰었다.

폐가 물에 빠졌다

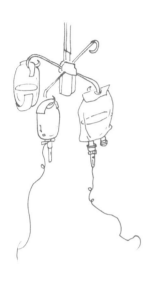

중환자실 바닥은 대리석으로 되어 있어 바닥에 누워 있으면 온몸이 시리다. 아무리 두툼한 박스를 깔아도 밑에서 올라오는 냉기를 막을 수 없다. 그래서 나는 가뜩이나 작은 몸을 웅크리고 자게 된다.

하지만 이곳에 함께 있다는 게 얼마나 다행인지 모른다. 아직 숨이 남아 있는 아들이 생명을 붙들고 있는 순간을 함께할 수 있으니 얼마나 고마운 일인지 모르겠다.

중환자실은 면회시간 외엔 들어갈 수 없는 곳이지만 나는 항상 아이 옆에 있어야 했다. 중환자실에는 보호자가 있을 필요가 없기 때문에 의자도 아무것도 없다. 잠도 서서 자야 했다. 보다 못한 미화원 이모가 몰래 박스를 구해다 주었다. 그렇게 나는 박스 위에서 쉴 수 있었다.

'한번 더 해 봅시다.'

이 한마디가 아이의 심장을 뛰게 했고, 지금 중환자실에서 사투를 벌이고 있었다. 상태는 더욱 나빠져 신장 수치가 '3'을 넘어섰다. 1만 넘겨도 치명적이라는데 3을 넘겼으니 말 다했다. 어쩌면 투석을 해야 하는 상황이 올 수도 있었다.

엑스레이를 찍어 보자고 하여 의식 없는 아이의 가슴을 열었을 때 난 또 한 번 울음을 터트렸다. 앙상한 뼈만 남아 있는 아이의 가슴이 온통 시커먼 멍 자국이었다. 심폐소생술을 하면서 생긴 멍 자국. 엑스레이를 찍는 선생님도 나도 울음을 삼켰다. 엑스레이 사진을 보니 폐가 온통 하얬다.

"폐가 물에 빠졌군."

사진을 본 모두가 놀라고 있을 때, 담당 선생님은 물에 빠진 폐를 살리기 위해 약물 투여뿐 아니라 아이의 등을 두드려 주라는 조치를 내렸다. 인공호흡기를 하고 누워 있으니 등을 두드릴 수가 없어 폐와 가까운 겨드랑이 아래 옆구리 쪽을 두드렸다.

두드릴수록 폐는 아주 조금씩 살아났지만, 아이 몸에 멍은 점점 늘어났다. 그래도 살리려면 어쩔 수 없이 아이를 힘들고 아프게 해야 한다는 현실 앞에서 마음이 자꾸만 약해졌다.

"엄마가 많이 두드릴수록 폐가 빨리 돌아옵니다."

백번 천번 알겠는데도 그게 잘 안 되었다. 어깨가 빠질 것 같았지만 아이를 살리기 위해 두드리고 또 두드렸다. 여전히 목에서는 그렁그렁 사자 소리가 났다.

얼마나 두드렸을까. 눈에 띄게 변화가 나타났다. 산소 주입량이 10에서 8.5로 줄었다. 산소포화량이 95를 유지하자 혈압 조절 약도 1.5에서 0.6으로 낮춰졌다. 뭔가 조치가 하나하나 줄어든다는 건 좋은 징조였다. 소변도 잘 나오는 걸 보니 신장이 기능을 찾아가고 있음을 말해 주었다.

아이 상태를 기록한 노트에 기쁨의 눈물과 웃음이 함께 적혀 나갔다. 그러면서 우리 아이가 살아날 수도 있겠구나, 다시 손을 잡고 걸어 다닐 수 있을지도 모른다는 희망이 조금씩 생기기 시작했다.

특별히 주어진 중환자실에서의 생활, 조용하면서도 생명의 화급을 다투는 절실한 그곳에서 홀로 아이를 지키는 엄마는 하루하루 고비를 넘기는 아들의 얼굴만 들여다보며 글을 적었다.

이 녀석, 정말 잘생겼다.

아무리 찾아보아도 못생긴 구석이 없다.

그런데 딱 한 군데 못생긴 곳이 있다. 심장!

생기다 만 심장은 좌심실도 없고 혈관도 복잡하게 꼬여 있다.

위와 간도 위치가 바뀌었다.

단심실, 좌심형성부전, 수정대혈관전위, 희소난치성 등등
성형을 해야 할 곳이 많지만 아무 의미가 없다.
멋진 심장으로 바꿔 갈아낄 수도 없는 노릇이다
그저 있는 심장이 더욱 강해지길 바랄 뿐이다.
내 아들의 심장아, 강해져라. 힘차게 뛰어라.

밖에서 요란한 소리가 났다. 긴급하게 돌아가는 상황이 심상치 않았고
면회가 금지되어 있는 곳에 대여섯 살쯤 되어 보이는 여자 아이와 오빠로
보이는 남자 아이가 어른들과 함께 들어왔다. 뒤이어 들리는 울음소리.
"엄마! 엄마! 안 돼! 가지 마, 가지 마!"
아이들의 울음소리가 중환자실을 가득 메웠다. 모두가 숙연해졌다. 나
는 아직도 이 울음소리를 잊지 못한다. 그리고,
"내 아이 한 번만 안아 보게 해 주세요."
이 엄마의 울음소리도. 그것이 가끔 나를 가위눌리게 한다.

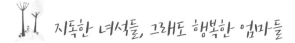

지독한 녀석들, 그래도 행복한 엄마들

하루하루 끝이 보이지 않는 병원 생활에 지쳐가도,
'언젠가 나을 것이다.'

오늘도 안녕하신지요?

'더 나아질 것이다.'

이런 희망이 있기에 버틸 수 있었다. 그래도 너무 지치고 힘든 날이 있다.

"우리 기분 전환 좀 하고 옵시다. 노래방 어때요?"

수개월을 함께 울고 웃다 보니 가족같이 지내는 보호자들의 제안에 움찔했다. 그래도 그렇지 어떻게 노래방을 가나 싶었다. 한편으론 오죽 답답하면 이런 말을 할까 싶기도 했다. 하여 내가 나섰다.

"다녀오세요. 어차피 우리 아이는 보호자가 저뿐이니까 제가 다른 애들도 볼게요."

나의 말에 병실 큰언니가 말도 안 된다며 큰 소리를 냈다.

"에이, 무슨 소리야. 엄마들이 다같이 고생하니까 같이 가자는 거지. 이제 우민이도 고비를 넘겼잖아. 간호사가 시간마다 체크해 주고 다른 보호자들도 있으니까 같이 가요."

"그래도… 그건 좀"

난감했다. 아이와 24시간 붙어 있던 나였는데 노래방 때문에 자리를 비우는 게 영 걸렸다. 고비를 넘기고 행운의 아이로 병실까지 옮겨 왔고 비교적 안정적인 상태라지만 선뜻 대답이 나오지 않았다. 그때 다른 보호자 남편분이 나섰다.

"제가 봐드릴게요. 그동안 많이 답답하셨을 텐데 잠깐 바람도 쐬고 스트레스도 풀고 오세요."

간호사의 허락까지 받은 심장병 아이 엄마들은 노래방으로 향했다. 그리고 네 명의 보호자는 미친 듯이 노래를 불렀다. 음료수도 과자도 먹지 않고 오로지 노래만 불렀다. 속에 있는 감정을 노래에 실어 뿜어냈고 실컷 웃었다. 얼마나 신나게 노래를 불렀을까, 한 엄마가 분위기를 바꾸더니 박상민의 '해바라기'를 불렀다. 순간 네 엄마는 그 노래에 푹 빠졌다.

기쁠 때나 슬플 때나 아플 때도 함께 울고 웃어 줬던 그대
못 견디게 그리운데
사랑해요, 사랑해요,
세상의 말 다 지우니 이 말 하나 남네요.
늦었지만 미안해요, 미안해요,
더 아껴 주지 못해서 가난한 내 행복 안에 살게 해서.

누가 먼저랄 것 없이 울기 시작했다. 세상의 말 다 지우고 남는 '사랑'이란 말, 아이를 향한 사랑으로 버텨 나가는 영혼들, 그 영혼들이 부둥켜안고 한참을 울었다.

얼마나 울고 나왔을까, 찬바람을 맞으며 총총걸음으로 돌아가는 엄마들의 발걸음이 바빴다. 병실에 도착해 보니 아이들은 다행히 잘 자고 있었다. 서둘러 각자 아이들의 침상으로 돌아가 아무 일 없었다는 듯 아이들을 품에 안았다. 그렇게 지독한 녀석들의 생존기에 엄마들의 일상이 이어지고 있었다.

크리스마스의 기적

이런저런 생각을 하며 라면 박스 위에 누웠는데 너무 차가웠다. 한기에 몸이 얼어붙는 듯했다. 벌떡 일어나지 못하고 누워 있는데 왜 그렇게 눈물이 나는지, 울음을 삼키며 한참을 울었다. 중환자실에서의 기다림이 너무도 힘들었다.

잠깐 밖으로 나와 중환자 보호자 대기실로 들어갔다. 의자 하나 차지하기 위해 화장실도 제대로 못 가는 대기실에 다행히 의자 하나가 남아 있었다. 거기에 앉아 하염없이 울고 또 울었다. 대기실 사람들에게 이런 모습은 전혀 낯설지 않았기에 한참을 울고 나니 가슴이 후련했다.

교회에 가고 싶어 밖으로 나왔다. 그때까지만 해도 필요에 의해 찾는 교회였지만, 작은 교회에 들어가 하나님을 붙들고 울고 또 울었다. 내 눈물샘은 깊은 우물인가 퍼내도 퍼내도 마르지 않는 샘물처럼 나오고 또 나왔다. 그저 내 아이를 살려 달라고, 오로지 살려 달라고 기도하고 또 기도했다.

"하나님은 제가 말 안 해도 다 아시죠? 내 맘 아시죠?"

제대로 기도를 할 줄 모르는 나는 이 말만 되풀이했다. 또 한참을 엎드려 기도하다가 병원에 들어갔다. 그런데 간호사가 반색을 하며 내 손을 잡고 중환자실에서도 격리실에 누워 있는 아이에게 데려갔다.

"어머니, 이건 크리스마스 선물이에요. 우민이가 손끝을 움직였어요."

"네에?"

그제서야 중환자실 선생님들의 환한 얼굴이 눈에 들어왔다. 아이가 손끝을 움직였다는 말에 얼떨떨했다. 이게 말로만 듣던 크리스마스 기적인가 싶었다. 태어나 지금까지 한 번도 크리스마스 선물을 제대로 받아 본 적 없는 나에게 한꺼번에 주신 큰 선물이었다.

눈을 비비고 아들의 손가락을 살며시 만져 보았다. 잠시 뒤 까딱 하며 움직임이 전해져 왔다. 내 몸에 수만 볼트의 전류가 흐르는 듯했다.

"어머나! 하나님, 감사합니다!!"

아들이 다시 내 곁으로 돌아왔다. 손끝을 움직이기 시작한 아들의 스위치가 하나하나 켜지기 시작했다. 눈을 깜박이고 몸을 움직이고 조금씩 의식이 돌아오고 있었다.

"우민아, 엄마야! 손가락 움직일 수 있어? 한번 움직여 볼래?"

"우민아, V 한번 해 보자."

아이가 두 번째 세 번째 손가락을 쭉 펴더니 V자를 그렸다. 중환자실 간호사들이 탄성을 질렀다. 드디어 아이가 살아났다. 의식이 돌아온 아이는 콧줄이 답답한지 콧줄을 빼고 링거줄도 잡아당겨 의료진들을 당황스럽게 했다. 어쩔 수 없이 손발이 묶이고 말았지만 나는 이 모든 상황이 신기하기만 했다.

며칠 뒤 인공호흡기를 뺐다. 아이 입을 통해 몸속으로 들어가 있던 인공호흡기. 산소호흡기와는 달리 자가 호흡이 불가능한 환자에게 숨을 쉬게 해 주는 이것을 뺐다는 것만으로도 긍정적인 신호였다.

물론 의료진은 최후 통첩을 하듯 호흡기를 빼도 다시 끼울 수 있다며 겁을 주었고, 그 말이 불편했지만 이젠 참고 넘어갈 만큼 내공이 쌓였기에 그러려니 받아들였다.

　마스크형 산소 마스크로 바꾸니 아이가 한결 편안해 보였다. 호흡과 맥박도 안정적이었고, 꽁꽁 얼어서 마치 냉동 고등어 같던 다리도 점점 풀려가고 있었다. 새근새근 잠든 아이를 바라보고 있으니 지금 이 순간이 꿈만 같았다. 스스로 호흡을 할 수 있다는 것이 얼마나 기쁘고 감사한 일인지 모른다.

　지난 10년간 우리 아이는 숨쉬는 것을 체크해야만 했다. 더 어릴 때는 업고 가다가 숨소리가 잘 들리지 않아 지나가는 사람에게 등에 업힌 아이가 숨을 쉬고 있는지 물어보았고, 버스정류장으로 향하던 중 아이 숨소리가 이상해 지나가는 경찰차를 불러 병원으로 긴급 후송되기도 했다. 그런 아이가 제법 안정된 숨소리로 숨을 쉬고 있었다.

　그때 간호사가 다가와 환자복을 건넸다. 그간 인공호흡기를 하고 있어 옷을 입지 못했는데, 이제 환자복을 입힐 수 있게 되었다.

　"우와, 우리 아들 멋지다! 마스크맨 같애. 아들, 마스크도 얼른 떼어내고 집에 가자. 그게 엄마한테 제일 큰 선물이야."

너는 다시 한 살, 나는 마흔한 살

아이 얼굴은 아직 퉁퉁 부어 있어 제 모습을 찾지는 못했지만 괜찮다. 그런데 여전히 말을 못하는 건 함묵증 때문인지 아니면 인공호흡기를 오래 달고 있어서 그런 건지, 아이는 나에게도 말을 하지 않았다. 인공호흡기를 오래 달고 있으면 기관지가 상해 목소리를 잃게 되는 경우도 있어 더욱 걱정되었다.

우린 손가락 소통을 하기로 했다. 맞으면 1번, 아니면 2번을 하기로 했다.

"우민아, 내일이 새해야. 1월 1일, 그날이 어떤 날인지 알아?"

"1"

새해를 맞이하며 한 살 더 먹는 날을 기억해 준 아들이 고마웠다. 그간 사는 데 바빠서 생일 챙길 여력이 없었는데, 누워서 수신호로 의사를 표현하는 아들을 보며 그 어떤 선물보다 기뻤다.

아들의 의식은 또렷하게 돌아왔지만 문제는 심장이 너무 빨리 뛰었다. 담당 선생님이 명절을 쇠러 가면서 선물로 약 하나를 끊어 주셨지만, 심장 박동수가 100 이하로 떨어지지 않는 것이 마음에 걸렸다. 계속 135, 빈맥頻脈이었다.

"어머니, 다른 선생님에게 부탁해 놓을 테니 걱정하지 마세요."

그래도 불안한 마음이 남아 있었다. 내 불안함은 기우가 아니었다, 그날 저녁부터 아이 상태가 나빠졌다. 심장 박동수가 조금씩 오르더니 새벽녘엔 급기야 치솟았고 호흡도 가빠졌다.

레지던트 선생님이 몇 시간째 지켜보며 아이를 재워 보기로 했다. 고단위 수면제를 투여했는데도 아이는 여전히 칭얼댔다. 어릴 때부터 수면제가 잘 듣지 않았던 터라 약을 더 썼다. 그런데도 기계음은 삑삑 요란한 소리를 냈다.

순간 걱정이 훅 밀려왔다. 뭐라도 하고 싶어 엉킨 주삿줄을 풀려다 내몸이 아이 가슴에 닿았는데 기계음이 잦아들고 심박수가 줄어들었다.

"어머니, 불편하시겠지만 아이 옆에 누워 보실래요?"

누가 봐도 누울 공간 하나 없이 빽빽한 장비와 주삿줄이 엉켜 있었지만 공간은 만들면 된다. 나는 어떻게든 공간을 만들어 아이 옆에 몸을 뉘었다. 아이 몸에 내 체온이 닿자마자 신기한 일이 일어났다. 삑삑거리던 기계음이 잦아들면서 치솟았던 수치들이 줄어들었다. 그리고 칭얼대던 아이가 편안하게 잠들었다. 나는 고개도 제대로 들 수 없고 장비들이 등을 찌르고 옆구리가 결렸지만 참을 수 있었다.

병원 생활에 지친 나는 몸 뉘일 곳만 있으면 잠이 드는 습관이 들어선지, 칼같이 누워 있으면서도 아이의 편안해진 호흡 소리를 들으며 잠이 들었다. 얼마쯤 지났을까, 불편한 자세 때문에 눈이 떠진 나는 조심스럽게 침대를 내려왔다.

아이는 다시 평온을 찾았다. 잠깐 중환자실을 나와 바람을 쐬었다. 새벽 공기가 차가웠다. 2012년, 아들 우민이가 파란만장한 열 살을 마감하고 너는 다시 한 살, 엄마는 마흔한 살이 되었다.

받아들임 그리고 내려놓음

아이가 기적적으로 다시 살아났지만 또 하나의 거대한 산이 있었다. 처음엔 그저 멈춘 심장이 뛰기만 바랐는데, 막상 살아나니 마음 참 간사해진다. 병원에 들어오기 전의 우민이가 되길 자꾸만 기대하고 있었다.

다시 살아난 우민이는 한 살, 말귀만 알아들을 뿐 혼자 할 수 있는 일이 없었다. 혼자 앉아 있는 것도 소변 보는 것도, 게다가 인공호흡기를 오래 끼고 있어선지 목소리조차 나오지 않았다. 어쩌면 평생 목소리가 나오지 않을 수도 있다는 말에 맥이 빠졌다. 그래도 예전엔 엄마와는 소통이 되었는데, 이젠 그마저 되지 않으니 답답한 생각이 슬며시 고개를 들었다.

'아니, 왜 우민이가 어린아이가 되었을까요?'

솔직히 받아들이기가 쉽지 않았다. 내 마음속에선 수십 번 수백 번도 넘게 '왜?'를 반복했다.

이러다 계속 어린아이로 있으면 어쩌나, 두려운 생각이 들었다. 의료진들이 차츰 좋아지고 회복될 거라고 했지만 믿어지지가 않았다.

생사를 넘나들며 바짝 긴장했던 마음이 조금 풀려서일까, 어린아이로의 회귀에 혼란스러웠던 것인지, 나도 모르게 아이에게 짜증을 내기도 했다. 아이는 뭔가 요구하기 위해 엄마를 손으로 찌른 것뿐인데, 느닷없이 몸을 건드리는 걸 극도로 싫어하던 나는 예민하게 반응했다.

"왜에?"

아이도 놀랐는지 나를 가만히 쳐다봤다. 그 표정을 보니 너무 미안해서 표정을 풀고 다시 물어보니 허리가 아프단다. 오랫동안 누워 있었으니 허리가 아플 만도 했다.

의료진은 재활 치료를 권했다. 억지로 앉혀 보라는 말에 간호사의 도움으로 앉혀 놓고 사진을 찍었다. 몸이 제대로 움직이지 않아 엉거주춤한 자세였지만, 그래도 도파민을 쓰고 나서 얼굴 붓기도 많이 빠지고 심장 박동수도 정상궤도를 찾아가고 있었다. 다만 심장이 너무 약하게 뛰는 서맥徐脈이라 예전에도 심장 박동기를 달 뻔했는데, 이번에도 잘 견뎌 주기만을 기도할 뿐이었다.

아이가 다시 나를 찔렀다. 이번엔 꾹 참고 웃으며 아이를 바라보았다. 책을 달라고 하기에 예전처럼 책을 읽어 주었다. 몸은 어린아이로 돌아갔지만 책을 읽어 주던 건 기억하고 이해를 하다니, 마음이 조금씩 누그러졌다.

우민이는 중환자실에 누워서도 책을 읽었다. 스스로 일어나려고 노력하는 것 같은데 몸이 움직여지지 않아 힘든 표정을 보일 때면 안타까웠다. 담당 선생님은 그런 우민이를 신기해했다.

"우민이 또 책 읽고 있냐?"

아이를 예뻐해 주시는 선생님이 여러 상황을 체크해 보고 나가려 할 때 아이가 앉고 싶어하는 것 같아 간호사에게 부탁했다. 엄마 혼자 앉히는 것이 거의 불가능했기 때문이다. 그런데 회진을 마치고 나가던 담당 선생님이 휙 돌아보더니 이러신다.

"너 앉을 수 있지? 일어나 앉아 봐."

속으로는 설마했다. 그런데 놀라운 일이 벌어졌다. 말에는 힘이 있다더니 그 말을 들은 아이가 기어코 혼자서 일어나 앉았다. 방금 전까지만해도 앉혀 놔도 자꾸 쓰러지던 아이가 누구의 도움 없이 혼자 일어나앉아 책을 잡고 읽었다.

어찌나 대견한지 눈물이 핑 돌았다. 엄마의 걱정을 누구보다 잘 아는선생님은 나를 보며 위로의 눈빛을 보냈다. 마치 '어머니, 조급해하지 말고 천천히 천천히 기다립시다'라고 조언해 주는 듯했다. 그때 희망의 빛이 하나 켜지면서 걱정의 짐을 하나 내려놓았다.

다음 날 재활 치료가 시작되었다. 재활 선생님 덕분에 우민이가 많이좋아졌다. 신기하게 아이가 말을 안 하는데도 선생님은 많은 이야기를나누었다. 손을 만지면서도 이야기하고, 다리를 마사지하면서도 이야기를 한다. 그리고 질문을 하기도 하는데, 아직 목소리가 나오지 않아 말을 하지 않는데도 선생님은 아이의 대답을 듣고 웃어 주었다.

그분을 보며 나는 또 한 번 엄마로서 마이너스인 것 같아 반성했다.아이가 엄마의 불안함과 두려움의 눈빛을 보고 얼마나 불안했을까. 아이는 믿어 주는 만큼 자란다고 하는데, 나는 언행불일치였다. 특별하게태어난 아이를 인정하고 받아들이기로 해 놓고 늘 걱정뿐이었다.

아이는 여전히 고군분투하고 있었다. 그런 아이를 바라보며 나는 다짐했다. 받아들이자, 그리고 내려놓자.

"우민아, 오늘은 또 어떤 기적을 보여 줄래?"

스스로 앉는 기적을 보여 준 아이에게 으레 건네는 말이었는데, 왠지 아이 표정이 심상치 않았다. 엄마는 이미 상상만으로 저만큼 앞서가고 있는데 아이 컨디션이 영 좋지 않았다. 손바닥이 아프다며 울상을 지어 만져 보니 멍울 같은 게 잡혔다. 게다가 고개를 까딱거리는 모습이 영 불안해 보였다. 그러더니 구토를 했다.

"웨에엑."

의료진이 와서 살펴보고는 별다른 이상이 없다면서 지켜보자고 했다.

여전히 고개를 까딱거리는 아이를 보며 불안한 마음이 가라앉지 않는데, 하필 그때 한 아이의 기억이 떠올랐다. 심실에 구멍이 생겨 수술을 받으러 온 여자 아이였다. 수술이 잘되어 퇴원을 했는데 며칠 뒤 아이가 다시 입원을 했다. 아이 눈빛이 이상했다. 손에는 비닐봉지가 들려 있고, 그걸 계속 만지고 있었다. 반가워서 아이를 안아 주었는데 아이가 몸을 까딱거렸다. 조심스럽게 어떻게 된 일인지 묻자, 수술 후 부작용으로 자폐 판정을 받았단다.

심장병 환자 보호자는 수술 받기 전에 서명을 한다. 이런저런 부작용에 대한 설명을 듣고 죽을 수도 있다는 말을 듣고서야 서명을 하는데, 수술 후 공기가 몸속에 남아 있으면 후유증이 생길 수도 있다고 했다. 이 아이에겐 자폐로 나타났다. 울다가도 비닐봉지만 주면 웃는 아이, 하루 종일 비닐봉지만 만지작거리던 아이 모습이 선명하게 떠올랐다.

'혹시 우리 아이도?'

불안하여 자폐가 아닌지 묻자, 선생님은 아니라며 걱정 말라고 했다. 손바닥이 아프다던 아이는 배도 아프고 머리도 아프고 허리도 아프다고 계속 고통을 호소했다. 배가 아프면 배를 문질러 주고 머리가 아프면 찬 수건을 얹어 주고, 허리를 계속 주물러 주었다. 그러면서 비닐봉지를 만지작거리던 아이의 기억을 지우려고 애썼다. 참 이기적이다.

"우민 어머니, 이거 보세요. 우연히 심장을 위해 썼던 약물이 혈전을 막아 줘서 DIC(파종혈관내응고) 상태에서도 빠져나왔어요. 그거 아주 위험한 징후였는데 우민인 참 행운아예요. 이런 행운이 계속 주어지는 거 분명히 하나님의 선물입니다. 그러니 상황을 기다려 봅시다. 차차 좋아질 거예요."

담당 선생님의 진심 어린 위로의 말에 나는 또 한 번 마음을 다잡았다. 그래, 이것만으로도 얼마나 다행인가.

중환자실에 있다 보면 하루에도 수차례 죽음을 목도한다. 정말 어려운 병들도 있다. 물론 우리 아이도 희소난치성이지만, 더 어렵고 힘든 병에 걸려 고통을 겪지 않는 게 어딘가. 생각은 늘 상대적이다.

이젠 정말 제대로 내려놓을 때란 생각이 들었다. 상황을 받아들여야 할 때인 것이다. 그러고 보면 자식의 모든 것을 받아들이고 내려놓을 때 비로소 엄마가 되는 것 같다.

우민이가 다시 한 살로 열한 살의 삶을 시작했을 때, 나는 조금 더 의연해질 수 있었다. 무조건 받아들이자, 무조건 내려놓자, 다짐하고 또 다짐했기 때문이다.

그날부터 조금 다른 엄마가 되기로 했다. 그간 불안하고 기대에 찬 부담스러운 눈빛을 보내던 엄마에서 그날 그날 마주한 상황을 덤덤히 받아들이는 엄마가 되기로 했다.

"우민아, 어디 불편해? 허리가 아파? 오늘은 우리 아드님이 허리가 아프시구나. 그럼, 그 어려운 과정을 뛰어넘었는데 안 아프면 이상하지. 엄마가 최선을 다해 주물러 줄게."

이제는 제법 혼자 잘 앉아 보려는 열한 살 아이가 배시시 웃는다.

지긋지긋한 겨울의 끝

일반 병실로 옮겼다. 퇴원을 앞두고 다시 중환자실로 들어가 모두 걱정했는데 다시 돌아와 다행이라며 반겨 주었다. 일반 병실 따뜻한 바닥에 이불까지 덮고 자던 날을 나는 잊을 수가 없다. 중환자실 딱딱하고 시린 바닥에서 웅크리고 밤을 지새다가 이곳에 오니 천국이 따로 없었다.

"엄… 마…"

우민이의 목소리가 나왔다. 물론 나에게만 말하는 함묵증은 그대로였지만, 그래도 아이 목소리를 들을 수 있으니 살 것 같았다. 얼마나 이곳에 더 있어야 할지 모르지만 병원에 있을 때 오롯이 아이 엄마로만 살게 된다. 지난 10여 년간 아픈 아이를 돌보다 보니 그렇게 되었다. 외부와의 연락은 완전히 끊고 아이에게만 집중했다.

아이가 옮겨 간 병실은 장기 투숙(?) 환자들이 있어서 평화로웠다. 긴박하게 울리는 기계음도 없고, 환경도 보호자와 환자들도 좋았다. 이야기를 나누다가 쉬고 싶으면 커튼만 치면 나만의 공간이 생겼는데, 어느 날 잠에서 깨어난 나는 갑자기 무료한 생각이 들어 옆 침대 대학생 보호자에게 아이를 맡기고 근처 서점으로 향했다. 읽을 책을 고르고 나오려는데 퍼즐이 보였다. 100조각부터 1000조각까지 그림도 다양해서 한참 구경하다가 500조각짜리를 사들고 돌아왔다.

병실은 여전히 조용했다. 아이를 맡아 준 대학생 친구가 TV를 보고 있어 그에게 퍼즐을 제안했다. 우리 두 사람은 정신을 집중해 퍼즐을 맞춰 나갔다. 그러는 사이 우민이도 깨어 그 광경을 지켜보았고, 대학생의 동생도 함께했다. 나중엔 병실 환자들이 모두 깨어 퍼즐 맞추는 모습을 흥미롭게 지켜보았다.

"옳지, 그렇지. 그래, 거기야."

마치 바둑 경기를 보듯 칭찬하며 500조각짜리 퍼즐 세 개를 모두 완성했다. 아주 근사한 그림이 되었다.

"학생, 부모님 완쾌를 빌어요. 이건 완쾌 기념 선물!"

"감사합니다. 덕분에 즐거웠어요."

"그리고 이건 우리 우민이 선물!"

우민이도 완성된 퍼즐을 보더니 활짝 웃었다. 모두 500조각의 완성된 퍼즐을 받아들고 병이 낫기를 기원했다. 퍼즐 덕분에 우리 병실에 또 한

번 희망이 피어났다.

이 일이 있고 나서 내게 별명이 붙었다. 천사란다. 내 입으로 말하기는 많이 민망하지만, 그래도 아이 병간호에만 집중하는 모습을 본 어떤 아이가 붙여 준 별명이었다. 우민이가 남자 아이여서 남성들이 있는 병동으로 잠깐 옮겼다가 다시 여성 병동으로 오게 되었는데, 그 사이에 들어온 보호자와 비교가 되었나 보다.

태어나 처음 듣는 극찬이었다. 병원이 부족한 엄마를 천사로도 만들어 주나 싶어 에너지가 솟는 기분이 들었다. 내친김에 파티도 제안했다. 오랜 병환으로, 오랜 간호로 힘들고 지쳐 있을 모두를 위해 만찬을 준비했다. 족발과 피자, 그리고 다른 음식들을 사가지고 와서 차리니 잔칫상이 따로 없었다. 이른바 파자마 파티가 아닌 환자복 파티가 벌어졌다.

서로의 마음을 너무나 잘 알기에, 그 하루가 얼마나 소중한지 잘 알기에, 우리는 그날의 파티를 만끽했다. 오랜 병원 생활에 지친 우리를 위해 살짝 눈감아 준 간호사들도 감사했다.

새해가 밝고 한 달이 훨씬 지날 무렵, 스스로 일어나 앉은 우민이가 일어섰다. 주변에서 다들 축하해 주었다. 열한 살짜리 아이가 서서 걷는 게 뭐 그리 대수일까마는, 다들 박수를 치며 기뻐했다.

"그렇지, 우민이 잘한다."

침대를 잡고 부들부들 떨며 몇 걸음을 뗐다. 그리고 털썩 주저앉고 다시 일어나 또 몇 걸음을 뗐다. 또다시 맛본 기적이다. 병원은 오고 싶지 않은 곳이기도 하지만 늘상 기적이 숨어 있는 곳이기도 하다.

점심시간이 되자 우민이가 밥 한 그릇을 뚝딱 해치웠다. 어찌나 잘 먹는지, 아마 태어나 이렇게 잘 먹는 모습을 처음 본 것 같아 얼마나 흐뭇했는지 모른다. 마침 선생님이 회진을 오셨다.

"음, 상태가 많이 좋아졌네. 이제 퇴원해도 되겠어."

마침내 퇴원 결정이 났다. 그런데 뭔가 쫓기듯 퇴원하는 기분이 들어 알아보니 속사정이 있었다. 아이를 돌봐주시던 선생님이 더 이상 제주에 계시지 않게 되었다. 다른 병원으로 옮겨 가게 되었던 것이다. 그 말을 듣고 나는 이성을 잃었다.

"선생님, 우리 아이는 어떡해요?"

"어머니, 걱정 마세요. 상태가 좋아져서 퇴원하는 거예요."

"저는 선생님 보내 드리고 싶지 않아요. 아니 보내 드리지 않을래요. 우리 아이 어쩌라고요."

거의 흐느끼듯 매달렸다. 제주에 내려오면서부터 거의 5년간 아이를 돌봐주신 선생님, 모두 손을 놓으려고 했을 때 나의 손을 잡고 다시 한번 해 보자던 분, 하나님께 기도하라고 병실까지 내어 준 고마운 선생님이었다.

"어머니, 우민이가 이곳에서도 계속 치료받을 수 있도록 할 거구요, 무슨 일이 생기며 언제든지 전화 주세요."

김성호 선생님은 개인 전화번호를 주셨다. 그리고 일 년에 한 번 부천 세종병원에 가서 선생님 진료를 받을 수 있게 해 주었다.

그렇게 지긋지긋한 겨울을 보내고 우리는 병원을 떠나올 수 있었다.

진짜 엄마가 된다는 것

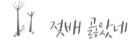 젖배 곯았네

인터넷으로 '모유 수유'에 대해 공부를 했다. 엄마가 되었다는 건 한 생명을 책임진다는 것인데, 나는 모르는 것 천지였다. 모유 수유조차 어찌해야 하는지 몰랐다는 사실이 참 한심했다. 주변에 사람은 있었지만 정작 도움을 받을 곳은 없었다. 남편도 떠난 마당에 뭐든 혼자서 해결해야 했으니, 인터넷은 기댈 곳 없는 내게 좋은 길잡이가 되어 주었다.

인터넷을 통해 모유의 양 유지하기, 엄마의 안정, 미역국, 수분 섭취, 모유는 소화 성분이 들어 있어 수유 시간이 짧다는 등 모유의 중요성을 깨닫고 악착같이 젖을 먹이기로 다짐했다.

워낙 몸이 말라서 젖이 잘 나오지 않아 그만둘까 하다가, 공부를 하고 나서 모유 수유 시간과 왼쪽 오른쪽 수유 시간을 적어가며 젖을 먹였다. 그러다 보니 의아한 점이 발견되기도 했다.

모유 수유는 시간이 짧다는데 왜 내 아이는 점점 길어지는 걸까? 아이는 젖 빠는 힘이 유난히 약했다.

때마침 예방 접종을 하러 병원에 가게 되었다. 아이를 본 의사는 황달기가 있으니 모유를 끊으라고 했다. 제대로 나오지도 않는 모유를 먹이려고 온갖 방법을 다 쓰고 있는데 모유를 끊으라니 속이 상했다. 잘 나오는 모유도 일주일 정도 안 먹이면 줄어든다는데.

검사 결과 키는 큰데 몸무게가 많이 적단다. 아이가 젖을 달라고 보챘다. 당장 우유를 먹일 수 없는 상황이라 수유를 하고 있는데, 한 아주머니가 다가와 이런 얘길 했다.

"젖배를 곯았네."

"젖배요?"

"젖이 안 나오는데 억지로 먹이려니까 애는 배가 고프지. 그걸 젖배 곯는다고 해요. 괜히 아이 젖배 곯리지 말고 분유 먹여요."

그제서야 아이 몸무게가 유난히 적고, 수유 시간이 왜 길어졌는지 이해가 되었다. 또 황달 때문에 모유를 끊으라고 하니 분유를 먹일 수밖에 없었다.

그런데 이번엔 아이가 거부했다. 배가 고파 울다가도 우유병을 갖다 대면 싫다고 더 울었다. 나오지도 않는 엄마 젖을 좋다고 빨아댔다. 어쩌겠는가, 이 또한 시간이 지나면 어쩔 수 없이 아이가 적응을 하겠지 하는 마음으로 기다리기로 했다. 과연 며칠이 지나 아이도 우유에 적응하기 시작했고, 먹는 양도 많아졌다. 정말 젖배를 곯았던 것 같다. 그것도 모르고 고생을 시켰다고 생각하니 너무 미안했다.

그런데 하나가 괜찮아지면 또 하나가 문제인지, 그동안 잘 자던 아이가 도통 잠을 못 잤다. 안아 주면 살포시 잠들었다가 내려놓으면 칭얼댔다. 무슨 문제가 있는 건지 슬슬 걱정이 되었다. 주변에 기댈 곳이 없었던 나는 아이 육아를 혼자 감당해야만 했다.

눈곱이 끼고 눈 밑이 빨갛게 되었을 때 모유를 발라 주면 괜찮다기에 모유를 발라 주고, 미열이 올라 기저귀를 빼고 옷 단추를 푼 다음 머리에 손수건을 대주니 열이 내렸다. 그런데 설사를 하고 가래가 끓고 밤이면 칭얼댔다.

'무슨 일이 있는 걸까?'

동네 소아과에 가 봐도 아무 이상이 없다고만 했다. 그런데도 엄마의 촉인지 자꾸만 걱정이 되는 건 어쩔 수 없었다.

아이의 손발이 유난히 찼다. 우유를 먹일 때 보니 입술이 날이 갈수록 파래졌다. 혈색이 돌아야 할 입술 색이 파랗다는 건 누가 봐도 이상했다. 게다가 다른 아이들은 한번 울음이 터지면 한참 울고 소리도 떠나갈 듯 우렁찬데, 우리 아이는 한번 '우왕' 하고 말았다.

잠을 잘 때 쌕쌕거리는 숨소리도 어느 순간 거슬렀다. 처음엔 쌕쌕거리는 숨소리가 쌔근쌔근 예쁘게 자는 줄로만 알았는데, 다른 아이들의 숨소리에 비해 유난히 컸다. 끈적거리는 변도 여간 신경 쓰이지 않았다. 게다가 아이가 자꾸만 깜짝깜짝 놀랐다. 왜 그럴까?

한편으로 엄마의 민감한 반응이기를 바랐다. 엄마라면 누구나 아이의 작은 변화에도 민감하게 반응하니까. 그런데 그건 바람이었다. 얼마 뒤에 이 모든 이유를 알게 되었다. 심장병 아이에게 나타나는 증상을 어린아이는 온몸으로 보여 주고 있었다.

입술이 파란 건 감기가 아니라 심장병 아이들에게 나타나는 '청색증'이었고, 길게 울지 못한 건 심장이 약해서 우는 것조차 힘들기 때문이었다. 쌕쌕거린 건 숨을 쉴 때마다 힘이 들어 그런 것이었다.

나는 아무것도 몰랐다. 아이는 몸으로 그토록 많은 이야기를 해 주었는데 엄마는 알아듣지 못했다. 미안했다. 아무것도 모르는 한심한 초보 엄마라서.

지금도 생각한다. 조금 더 일찍 알아차렸다면 아이가 덜 힘들지 않았을까. 아픈 아이들의 엄마는 누구나 자기 탓을 하곤 한다. 그게 아니라는 것을 받아들이기까지 시간과 마음 단련이 필요하다. 나 역시 그 단련이 되기까지 – 완성된 것은 아니지만 – 수많은 후회와 번민의 시간이 있었다.

엄마라고 다 아는 건 아니다. 알 수 없다. 그저 알아갈 뿐이다.

아가, 우리 다시는 병원에 오지 말자

아이의 첫 번째 수술 이후의 기나긴 여정을 일단 마쳤다. 수개월 동안 병원 중환자실에 있었고, 나머지는 일반 병실에서 지냈다. 워낙 어린아기여서 엄마도 중환자실에 있게 해 주었는데, 전쟁터 같은 중환자실 생활은 몸도 마음도 무척 고달팠다. 그나마 일반 병실로 내려왔을 땐 살 것만 같았다.

그런데 그것도 잠시, 아이 걱정만 해도 모자랄 판에 엄마로서 책임져야 할 부분은 병원비였다. 돈 한푼 없이 아이를 들쳐업고 병원으로 뛰어갔고, 가정은 이미 깨진 상태이니 병원비 해결도 큰 난관이었다. 원무과에서는 날마다 연락이 오고 해결할 방법은 막막하여 밤마다 눈물을 뿌리며 괴로워했다.

"선생님, 병원 청소라도 할 테니 저 좀 도와주세요."

뭐라도 해야 했기에 관계자를 붙들고 사정했다. 가뜩이나 낯가림이 심한 나였지만 아픈 아들 앞에선 부끄러움도 자존심도 문제될 게 없었다. 병원 복지실로 가 보란 말에 당장 찾아갔다.

"병원비가 너무 많이 나왔는데 돈이 없어요. 흐흐흑!"

하염없이 눈물을 흘리고 있으니 복지사가 주민센터에 가서 도움을 받아 보란다. 당장 주민센터를 찾아갔다. 이런 경험이 전혀 없던 나는 내게로 쏟아지는 시선을 감당하지 못하고 어떻게 왔냐는 말에 그저 목놓아 울었다. 이런 바보 같은 엄마가 또 있을까.

그때 한 분이 내 손을 잡고 일으키더니 지원을 받을 수 있는 경로를 알려 주었다. 그 길로 이리저리 뛰어다니며 서류를 준비했고, 병원 의사의 진단서만 남겨두고 있었다. 그런데 인턴 선생님의 착오로 수술 이후 진단서가 들어가는 바람에 지원을 받을 수 없다는 통보를 받았다.

청천벽력 같은 말에 의사 멱살이라도 잡고 싶은 심정이었지만, 아무 말도 못하고 한참을 울며 그 의사에게 말했다.

"선생님이 우리 아이 수술비 대주세요. 선생님 때문에 지원을 못 받은 거니까 책임지셔야죠. 아니에요?"

어린아이처럼 떼쓰듯 우는 나를 보며 수간호사도 함께 울었다. 이 소식은 병원 전체에 퍼졌고, 결국 병원 복지사가 와서 방법을 찾아보자고 했다. 그래도 죽으라는 법은 없는지, 우리 집 사정을 의료진들이 알게 되면서 의료지원제도를 알려 주었고, 사방팔방으로 알아본 결과 기초수급자 신청을 할 수 있게 되었다. 사라진 남편을 수소문해서 이혼을 진행했기에 가능했다.

나도 가만히 있을 수 없어 뭐라도 하자 싶었다. 때마침 연예인들이 심장병 어린이를 돕는다는 기사를 보았다. 그 길로 그 연예인들에게 메일을 보냈다.

'안녕하세요, 저는 심장병 아이 엄마입니다.'

구구절절 사연을 적어 보냈고, 드디어 주병진 씨 쪽에서 회신이 왔다. '좋은 사람들'의 주병진 씨가 심장병 환자를 위해 국토 종단 마라톤을 한다는 기사를 본 적이 있어 메일을 보낸 것인데, 나의 사연을 보고 돕기로 결정했단다. 그리고 집으로 찾아와 우리 이야기를 듣고 후원금을 지원해 주었다. 다시 수술하게 되면 수술비도 지원해 주겠다며 손을 잡아 준 주병진 씨. 최근 TV에 나온 그분의 모습을 보면서 나는 기도했다. 소리 없이 베푼 온정으로 어느 가정은 살 힘을 얻고 희망을 얻었기에 그

베푼 손길을 축복해 달라고 말이다.

기쁜 일도 슬픈 일도 함께 온다더니 '(주)오뚜기'에서도 연락이 왔다. 병원 사회복지사가 서류 등을 챙겨 주어 지원 절차가 빨랐다. '좋은 사람들'을 비롯해 '(주)오뚜기', 그리고 우리 사정을 알게 된 부산 서구청장님은 보좌관을 시켜 2백만 원 현금을 지원해 주는 등 보이지 않는 도움의 손길이 있었기에 어려운 난관을 이겨 낼 수 있었다. 돌아보면 우리를 도와준 분들이 차고 넘친다.

도저히 불가능할 것 같던 병원비가 해결되고 1차 처치를 마친 뒤 아이를 안고 병원을 나섰다. 아직도 아이의 입술은 파랗다. 심장병 아이들의 트레이드 마크와도 같은 청색증은 나아지지 않았지만, 그래도 숨을 쉬고 있고 나와 눈을 마주칠 수 있게 된 것이 어딘가.

"아가, 우리 다시는 병원에 오지 말자."

말은 그렇게 했지만 그게 안 된다는 것을 잘 알고 있었다. 언제 끝날지 모를, 아니 끝나지 않을 수도 있다는 것을 너무 잘 알고 있었다.

끝이 끝이 아니라는 것을 알 때 맞닥뜨리는 감정은 '지침'이다. 지칠 때 포기하기 쉽다. 하지만 그날만큼은 포기하지 않기로 했다. 다시 병원에 오지 말자고 한 말은 어떤 상황에서든 지치지 않게 해 달라는 기도의 또 다른 표현이었다.

뻔뻔한 엄마가 되기로 했다

아픈 아이의 엄마 눈엔 아픈 아이만 보인다. 그래서 이기적인 사람이 되기도 하고 뻔뻔해지기도 한다. 변명을 하자면 아픈 아이로 인해 다른 사정까지 배려할 여유가 없기 때문이다. 이 때문에 괴롭기도 했지만 어느 날부터 그런 생각이 들었다. 이번 생애에 주어진 최대 사명은 우민이 엄마로서 최선을 다하는 것이 아닐까. 그러니 모든 환경을 엄마로서 살아가도록 열어 놓으시지 않았을까.

이런 생각에 이르자 마음이 좀 편해졌다. 초등학교 4학년 나이에 한 살로 초기화된 우민이를 돌보면서 조금 더 뻔뻔한 엄마가 되기로 했다. 어떤 것이 가장 아이를 위한 길일까 고민하던 중에 이른 생각이다.

집으로 돌아와 거의 일 년간 재활에 힘쓰는 동안 가장 걸리는 것이 학교였다. 일상생활에 불편함이 많아 학교에 보내는 건 언감생심. 알아보니 아픈 아이들이 공부할 수 있는 '꿈사랑사이버학교'라는 곳이 있었다. 사이버학교이다 보니 온라인으로 공부하고 원적 학교에 출석 체크를 하는 시스템이었다.

우민이는 초등학교 4학년부터 중학교 3학년까지 그 학교에서 공부했다. 쉽게 말하면 온라인으로 하는 홈스쿨링이다. 꿈사랑사이버학교는 전국적으로 중증병을 지닌 아이들이 학업을 하는 학교이기에 우민이도 일단 일 년 과정을 통해 초등학교 4학년을 마쳤다. 건강이 회복되는 단계여서 힘들었을 텐데 잘 따라와 주었다. 그러다 5학년이 될 때 아이가 학교에 가고 싶어했다.

"엄마, 학교에 가고 싶어요."

"괜찮겠어? 아무래도 학교 가면 오래 앉아 있어야 할 텐데."

"그래도 갈래요."

집에만 있으니 아이도 얼마나 지루했을까 싶었다. 아이도 원하니 학교에 보내 볼까 마음을 먹었는데, 이번엔 내가 머뭇거렸다. 이제 다시 학교라는 사회에서 우리 아이를 보는 시선과 편견이 있으면 어쩌나, 초등학생에게 선생님의 영향이 무척 큰데 어떤 선생님이 지도해 주실까, 걱정이 앞서 선생님을 먼저 찾아가기로 했다.

막상 상담 요청을 하고 학교에 가니 너무나 떨렸다. 2년 만에 가 보는 학교는 참 낯설었다. 노크를 하고 교실 문을 여니 선생님이 일어나 맞아 주었다.

"어떤 차를 좋아하실지 몰라 두 가지를 준비했습니다."

늘 바쁜 선생님들은 보통 학부모가 가야 일손을 멈추는데, 선생님은 상담 준비를 하고 계셨다. 신선했다. 첫인상이 너무 좋아 우리 아이를 학교에 보내고 싶은데 선생님이 궁금해서 왔다며 이렇게 말했다.

"선생님 면접하러 왔어요."

말도 안 되는 건방을 떠는 나를 보며 선생님은 빙그레 웃었다. 그 따뜻한 모습에 안심이 되어 5학년 학교생활을 시작했다. 선생님 덕분에 학교생활의 어려움은 덜었지만 아이가 무척 힘들어했다. 작은 사회생활을 새롭게 경험하는 것인데 남들보다 준비 시간도 길고, 오랜만에 수업을 받고 친구들과 생활하는 것이 힘에 부쳤던 것 같다. 겨우 두 달을 다니고 꿈사랑사이버학교로 돌아가야 했다.

6학년이 되었을 때 우린 다시 학교로 컴백을 시도했다. 아이 상태도 더 나아졌고 집에서 읽기, 쓰기를 훈련해서인지 인지력 회복도 빨랐다. 학교 공부를 따라갈 수 있을 것 같아 아이도 용기를 냈다.

6학년 때도 선생님 면접관이 되어 상담을 했다. 한번 뻔뻔해지니 이제 좀 더 나의 의사를 밝힐 수 있게 되었다. 우민이는 다른 아이들과 다르며 똑같이 평가되는 게 싫다, 공부라는 잣대로 평가하지 말고 특별히 재능 있는 부분을 봐달라고 어필했다. 선생님도 엄마의 마음을 이해했는지 우민이는 초등학교 6학년 때가 최고였다고 꼽을 정도로 즐겁게 생활했다.

비록 선생님과 친구들 앞에서 여전히 함묵하고 있었지만 그래도 배시시 웃음을 통해 의사를 전달할 수 있었고, 말은 글을 통해 전달했다. 제법 거뭇거뭇한 사내 아이들이라 거칠면 어쩌나 걱정했지만, 아픈 우민이를 더 보호해 주고 배려해 주었다.

아쉬운 건 초등학교 졸업식에 참석하지 못한 것이다. 꼭 참석하고 싶었지만 심한 감기로 병원에 입원하는 바람에 마무리를 짓지 못했으나, 일 년간 학교생활을 잘할 수 있었다는 것에 만족했다.

우민이가 중학교에 입학할 때 슬그머니 고민이 생겼다. 본격적인 사회생활이 시작되는 시기인 만큼 적응을 할 수 있을지, 초등학교 선생님처럼 일일이 챙겨 줄지 걱정이 앞섰다. 당시 나는 강사로서 자리를 잡아가던 시기여서 주변에 조언을 구했지만, 결과적으로 엄마의 결단과 선택이 중요하다는 것을 알게 되었다.

그래도 일단 부딪혀 보자는 심정으로 선생님을 찾아갔다. 확실히 분위기가 달랐다. 중학교 과정은 교과목에 따라 다른 선생님이 들어오니까 담임과 보건, 체육 선생님을 만나 이야기를 했다. 물론 면접이 아니라 저자세로 부탁을 하고 나오는데, 왜 그렇게 당당하지 못했을까 후회가 밀려왔다. 아픈 게 죄는 아닌데, 우리는 왜 죄인처럼 고개를 떨구어야 하는지 스스로도 화가 났다.

우민이는 중학교 생활에 적응하지 못했다. 교복을 입고 7교시까지 앉아 있어야 하는 빡빡한 일정, 이제 막 사춘기에 접어들어 예민한 남자아이들 사이에 흐르는 기류도 감당하지 못했다. 결국 한 학기를 겨우 버티다가 손을 들었다.

"엄마, 저 중학교 가는 거 힘들어요. 안 되겠어요."

아이의 학교 중단 선언은 나를 뻔뻔한 엄마에서 제자리로 돌려놓았다.

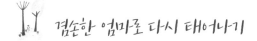
겸손한 엄마로 다시 태어나기

중학교 3학년이 시작되었다. 잠시 셋이서 꾸려 가던 가정이 다시 둘로 돌아오면서 상황이 많이 바뀌었다. 마음도 힘들고 부침도 있었지만 나는 나름대로 전문성을 쌓아가며 가장으로 서려 했고, 우민이는 오히려 둘만의 가정에서 조금씩 웃음을 찾아갔다.

그러는 동안 우민이의 학습력을 높이기 위해 독서활동에 많은 시간을 투자했다. 그럼에도 또래와 접촉이 거의 없다는 점이 늘 마음에 걸렸다. 미술이나 음악을 따로 배우긴 했지만 그 역시 선생님과의 관계였기에 늘 뭔가 부족하다는 생각이 들었다. 어느 날이었다.

"우민 어머니, 저 담임입니다."

해마다 반은 배정되어 몇 반인지 알고는 있었지만 먼저 담임이 전화를 걸어온 건 처음이었다. 선생님은 가정 방문을 하겠다면서 집으로 찾아와 우민이와 인사를 나누었다.

"어머니, 학교에 위클래스Wee class 프로그램이 있어요. 일주일에 하루만이라도 우민이가 위클래스에서 수업을 받는 건 어떨까요. 이 아이가 앞으로 사회에 나가 살아야 하는데 학교생활도 사회생활의 하나라고 생각하고 부딪혀 보는 게 좋을 것 같아요."

맞는 말씀이었다. 그때 나는 청소년 강사로 활동 중이었고 위클래스 프로그램 강사를 하고 있었기에 선생님의 제안에 긍정적이었다. 우민이는 처음에 학교 가는 것을 조금 두려워하더니 곧 적응하여 중학교 3학년 때는 위클래스 수업을 받으며 일 년을 보냈다.

이 시간이 도움이 되어 학교에 대한 거부감이 사라지고 고등학교 입학을 하게 되었다. 아이의 상황은 여전히 불안했지만 그렇다고 주저앉을 수만은 없어서 일단 현재 상태에 집중하기로 했다.

"우민아, 오늘 상태가 괜찮으면 오늘 할 일을 하자."

"네, 그래요."

몸은 완전히 회복되어 불편함이 없었고 인지력도 거의 회복되어 일반 학생들과 같이 수업을 해도 문제없는 상황이어서 고등학교 입학 준비를 했다. 이때도 나는 면접관이 되어 담임 선생님을 만났다.

"선생님, 저는 초등학교 1학년 아이를 학교에 보내는 심정입니다."

"어머니, 충분히 이해합니다."

다행히 선생님은 우리 상황을 이해하고 언제든 문자나 연락을 하라며 전화번호를 주셨다. 우민이는 여전히 신경을 곤두세우고 상황을 주시해야 하는 상태였기에 선생님이 먼저 그렇게 해 주시겠다는 말씀이 얼마나 고마웠는지 모른다.

우민이는 고등학생이 되었다. 교복을 입고 아이들과 함께 교문을 통과하는 뒷모습을 보는데 왜 그렇게 눈물이 나던지. 우리 아이가 여느 고등학생처럼 입시를 위해 미칠 듯이 공부를 한다거나 등급을 위해 경쟁을 할 수는 없겠지만, 초등학교와 중학교를 제대로 다녀본 적이 없는 아들이 차근차근 단계를 밟아 나갈 수 있다는 사실만으로도 감사했다.

고교 생활을 하면서 우민이는 여전히 위험한 상황을 겪었다. 학교에서 객혈을 하기도 했지만 담임 선생님과 반 친구들이 잘 대처해 준 덕분에 응급실에서 처치를 받고 다시 일상으로 돌아갈 수 있었다. 지긋지긋하던 함묵증의 그림자도 서서히 걷히고 있으니 얼마나 다행인지.

아이는 가정이 키우고 학교가 키우고 마을이 키운다고 한다. 돌아보니 뻔뻔한 엄마와 선생님의 협력으로 내 아이가 성장했고, 마을과 교회가, 그리고 지인들이 내 아이를 키웠다고 생각한다. 두 날개로 완성된 부모가 아니었기에 한 날개를 선생님이, 신앙이, 지인들이 담당해 주었다고 생각한다. 이제 가시를 세운 뻔뻔한 엄마가 아닌 가시가 후두둑 떨어진 순한 엄마가 되었다.

 슈퍼맨 엄마

"아이구, 애기 엄마! 바람에 날아가게 생겼네. 내 손 붙들고 가요."

어린아이를 포대기에 업고 다닐 때 참 많이 듣던 말이다. 아이를 가졌을 때 39킬로그램, 아이를 낳자마자 다시 39킬로그램이었다. 심장이 아픈 아이는 어린 시절 약하디 약했고, 금식하며 치료받는 일이 잦아 뼈만 앙상했다. 엄마와 아이 모두 약했다.

아이를 돌보는 동안에도 약한 몸은 티가 났다. 설거지를 하다가도 힘에 부쳐 싱크대 옆에 드러눕고, 아이 젖병 하나 들고 있을 뿐인데도 그게 무거워 바닥에 내려놓았다. 제주도는 바람이 워낙 세다 보니 그 바람을 맞고 가다가 이상한 나라의 앨리스처럼 돌풍에 휩쓸려 갈 뻔하기도 했다.

이렇게 약한 나였지만 아이 앞에선 원더우먼이고 소머즈고 슈퍼맨이 되었다. 오랜 병원 생활을 하며 중환자실에서 밤을 지샐 때도 끄떡없었고, 아이를 늘 안고 있는데도 팔이 아프지 않았다. 밥을 먹지 않아도 배가 고프지 않았다. 아이가 넘어지려는 순간 아이 앞에 무릎을 꿇고 받아안아 극적으로 사고를 막은 일은 지금 생각해도 신기하기만 하다. 그 후로도 아이의 상태는 현재진행형이었기에 마음놓을 틈이 없었다. 늘 긴장 상태였고, 살이 찔 틈이 없었다.

그래서인지 내 등에 업혀 다니던 아이는 엄마의 등을 싫어했다. 뼈만 앙상한 엄마 등에 부딪힐 때면 싫은 표정을 짓곤 했다. 두 번이나 열었던 가슴, 너무도 아팠을 가슴의 상처가 앙상한 등뼈와 부딪히다 보니 그랬을 것이다. 아이는 내 등보다 가슴을 좋아했다. 등보다는 가슴이 푸근했는지, 가슴에 얼굴을 파묻고 자는 것을 좋아했다. 잠이 오면 으레 엄마 가슴에 엎드려 잤다. 내가 완전히 누우면 불편할 것 같아 벽에 기대어 아이를 재웠다.

엄마 품으로 파고들던 아이는 커가면서 컨디션이 좋지 않거나 엄마의 사랑이 고프면 내게 와서 업어 달라고 했다. 엄마 가슴에 기대는 게 여의치 않다는 것을 알았던 것일까, 여전히 커가는 아들의 가슴과 앙상한 등이 마주했다. 푸근함을 느끼지 못할 테지만 그래도 엄마를 안식처로 생각하는 게 고마워 말없이 등을 내밀었다.

하지만 업어 주는 것도 얼마 못했다. 다시 아이에서 어린이로 돌아오기까지 일 년을 업어 주다가 초등학교 6학년이 되자 제법 살도 오르고 키도 큰 소년이 되었기 때문이다.

우민이는 중학생이 되어서도 가끔 내게 업어 달라고 했다. 나는 말없이 등을 내밀었고 녀석이 살포시 다가와 등을 잡고 발을 떼고 매달렸다. 묵직했다. 아니 휘청했지만 어디서 또 그런 힘이 발휘되는지 우뚝 서서 아이의 체중을 버텨 냈다.

"와, 엄마 어디서 그런 힘이 나와요?"

"그러게 말이다. 엄마들은 다 슈퍼맨인가 봐. 근데 불편하지 않니?"

"솔직히 좀 불편해요."

"거봐. 그래도 엄마가 업을 수 있을 때까지 업어 줄게. 나중에 네 등이 필요할 땐 너도 나 업어 줘."

내 등에 기댄 아들 녀석은 흔들흔들 내 몸을 의지한 채 잠이 들었다. 그냥 자는 척하는 거겠지 했는데 이내 숨소리가 편안해졌다. 깜빡 잠이 든 것이다. 아이 체중이 온전히 실려 쓰러질 것 같지만 이상하게도 기분이 괜찮았다. 보잘 것 없이 앙상하고 마른 등이지만 내 아이에겐 그냥 등이 아닌, 쉼터이고 위안이고 치료실이었나 보다.

얼마쯤 지났을까, 아이가 등에서 내려오더니 침대 앞으로 갔다.

"엄마, 제가 업어 드릴게요."

"아냐, 아냐."

"지금까지 저 많이 업어 주셨잖아요. 지금이 업어 드릴 시간이에요."

요 녀석이 언제 이렇게 컸을까. 순간 눈시울이 붉어졌다. 그러곤 중학생 아들 등에 폴짝 올라 매달렸다. 아이는 '어어' 하더니 균형을 잡지 못했다. 두 사람 모두 민망하여 멋쩍은 웃음을 짓곤 다음을 기약하기로 했다.

이제 고등학생이 된 우민이는 더 이상 '엄마 업어 주세요'를 하지 않는

다. 허전했다. 내 등을 찾던 아이는 자신만의 세상을 하나씩 만들어 가고 있다. 지인에게 이런 이야기를 털어놓으니 정색을 했다.

"언제까지 엄마가 아들 곁에 있어 줄 수 있겠어. 둘 사이가 너무 가까운 것도 안 좋아. 이제 좀 멀찌감치 떨어져서 지내 봐."

주변에서는 아이를 떠나보내는 연습을 해야 한다고 조언한다. 때가 되면 떠나는 게 분명한데 굳이 떠나보내는 연습까지 해야 할까. 나는 순리대로 살기로 했다. 흘러가는 대로, 마음이 가는 대로 사는 게 순리라고 생각한다.

초등학교 입학하기 전에 젓가락질 하는 것을 배워야 한다고 성화일 때도 나는 평생 하는 젓가락질 좀 늦으면 어떠냐고 느긋했고, 걸음이 늦은 아이에게 억지로 걸음마를 시킬 때도 좀 늦으면 어떠냐고 기다렸다. 지금은 혼자 잘 걷고, 젓가락질도 잘한다. 그러니 분명히 때가 되면 엄마에게서 자연스럽게 독립할 수 있으리라 생각한다.

손탄다고 안아 주지 말라고 했을 때도 안아 주었다. 지금은 안아 달라고 하지 않는다. 업어 달라고 할 때 업어 주었다. 지금은 업어 주고 싶어도 못 업고, 원하지도 않는다. 난 흘러가는 대로 이끄는 대로 그렇게 살아갈 것이다. 그러다 내 등이 고프면 내 등을 줄 것이고, 그러다 안아 달라고 하면 안아 줄 것이다. 내가 할 수 있는 것이 그것밖에 없다. 아이가 가는 길에 불을 비춰 주고, 아이가 가는 길에 동행이 되고, 아이가 가는 길에 그저 응원을 해 줄 것이다.

느린 아이, 기다려 주지 못하는 엄마

"우민아, 일어나자. 이엉차!"

우민이는 초등학교 3학년 때 들어간 병원에서 4학년이 되어서야 나왔다. 그 사이 아이는 완전히 달라져 있었다. 다섯 살 때까지만 해도 영재 테스트를 받으면 모든 방면에서 두드러지게 두각을 보이던 아이가 누구 도움 없이는 아무것도 할 수 없는 바보가 되어 버렸다. 병원에서 기적적으로 일어나 앉은 것, 부들부들 떨며 잠깐 서 있는 정도였는데, 집에 돌아와서는 또다시 처음부터 시작이었다.

몸은 열한 살, 현실은 한 살짜리 아이였다. 대소변을 가리지 못하고 혼자 앉아 있는 것도 다시 가르쳐야 했고, 숟가락질은 물론 글씨도 못 읽는 아기, 그 아기를 케어하는 일은 육체적으로도 고되었지만 정신적으로 더 힘들었다.

"우민아, 화장실 가고 싶니? 엄마한테 업혀."

"이 글씨를 어떻게 읽었지? 한번 생각해 보자."

원래부터 못했던 것을 가르치는 것과 원래 잘했던 것을 못하게 되어 다시 가르칠 때의 마음은 다르다. 특히 수술 후유증으로 인한 현상이라니 걱정과 염려가 더 크기에 조바심이 난다고나 할까.

일 년여의 시간을 우민이의 재활에 올인했다. 아이의 장기가 모두 죽었다가 살아난 만큼 회복 시간이 더디고 느렸다. 숟가락을 드는 데도 시간과 연습이 필요했고, 일어나 앉고 서고 대소변을 보는 것까지 연습하고 또 연습을 해야만 했다. 크면서 저절로 되는 것으로 생각했던 과정들이 아이들의 끊임없는 연습과 훈련의 결과라는 사실을 뼈저리게 느끼면서도 어느 순간 '왜 우리 아인 두 번이나 겪어야 할까?' 억울하기도 했다.

무엇보다 글씨를 읽지 못하는 등 인지능력이 저하된 것에 많이 속상했다. 자꾸만 수년 전 영재 테스트를 받던 때가 떠올라 괴로웠다. 아이는 글씨는 읽지 못하면서 책을 읽은 기억이 있는지 내게 책을 읽어 달라고 자꾸만 졸라댔다.

"책 읽어 달라고? 그래, 오늘은 어떤 책을 읽어 줄까? 동화? 우화?"

우민이는 날마다 동화를 골랐다. 이야기가 있는 스토리를 좋아하는 우민이는 몇 권을 읽어 내려가도 그만 읽으라는 표현을 안 했다. 엄마 목소리로 이야기를 들려주는 것이 유일한 듣기 교육이어서 목이 쉬도록 읽고 또 읽었다. 하루에 수십 권씩 읽어 줄 때도 있었다.

그렇게 읽어 주고 나서 나도 모르게 아이를 살펴보았다. 뭔가 변화가 있을까 기대하는 마음에서였다. 하지만 아이는 쉽게 달라지지 않았다.

"이거 한번 읽어 보자. 이 글자, 백… 설… 공… 주…, 백설공주잖아."

기대에 부응하지 않는 날이 계속될수록 나도 모르게 말이 빨라졌다. 우민이는 이런 엄마 마음을 아는지 모르는지 너무 느리고 속이 터질 만큼 편안했다.

거의 일 년을 아이에게 매달려 있으면서 힘들 때 지인에게 마음을 털어놓았다. 우리 사정을 잘 아는 그는 나를 똑바로 쳐다보며 이런 말을 했다.

"우민 엄마, 병원에서 나와 집에 왔을 때 마음 기억하지?"

순간 머리를 한 대 맞은 듯 멍했다. 그랬다. 불과 몇 개월 전까지만 해도 살아 있게만 해 달라고 눈물의 기도를 드리던 나였다. 물에 빠지면 보따리 내놓으라고 한다더니, 지금 내가 딱 그랬다.

"처음 태어난 아이한테 쏟는 정성보다 딜해도 금방 따라올 텐데 왜 그렇게 조급해하는 거야?"

한마디도 할 수 없었다. 너무 부끄럽고 미안했다. 그때 '더 내려놓음'에 대해 생각했다. 나는 더 내려놓아야 했다. 그런데 뭔가를 계속 붙들고 있었나 보다. 엄마로서 갖게 되는 못된 바람? 기약 없는 기대? 그게 마음 끄트머리에 있었나 보다. 이런 엄마의 모습을 보며 아이는 얼마나 버거웠을까.

엄마란 끊임없이 기다려 주는 존재다. 자녀로 하여금 언제든 돌아올 수 있는 휴식처다. 지금 내 아들은 충분히 낯선 환경 속에서 두려울 것이다. 예전엔 똑똑하단 소리를 자주 들으며 뭐든 똑소리나게 했는데, 자기 의지와는 달리 젓가락질도 잘 못하겠고 말도 잘 나오지 않는다. 게다가 그 좋아하던 책을 읽을 수도 없다. 한 살짜리 아이에겐 얼마나 두렵고 힘들까. 모든 것이 잘 안 되는 상황에서 엄마는 격려를 빙자하여 눈빛으로 재촉하고 있었던 것이다.

이런 아이의 마음이 깨달아지면서 나는 구석구석에 기다림이란 세포를 채워 넣었다. 물론 성격 급한 나로서는 또 언제 재촉할지 모른다. 하지만 느리게 회복되는 아이는 언젠가 일어날 것이고, 그 걸음 끝에 인지력도 완전히 회복될 것이다. 그런 믿음만 가지고 기다리기로 다짐하고 또 다짐했다.

그러자 아이도 조금씩 달라졌다. 아니, 아이를 바라보는 엄마의 생각이 달라졌는지도 모른다. 아이는 답답한 게 아니었다. 그저 조금 느린 것뿐이었다. 아니다, 느린 게 아니다. 생각이 많은 것이었다.

아이도 회복을 위해 최선을 다하고 있었다. 자신이 알고 있던 글자를 기억해 내려고 애썼고, 수십 번 들어서 내용을 외운 동화책 글을 읽으려고 애썼다. 물론 엄마 품이 그리워 어린아이처럼 업어 달라기도 했지만, 허리가 휘청거릴 정도로 업어 주다 보니 어느 날 아이 입술에서 놀라운 고백이 나왔다.

"엄마, 나는 참 행복해요."

행복할 수 없을 것 같은 상황에서 행복하다고 고백하는 열한 살의 꼬마, 우리 아이의 영재성은 바로 여기에 있었던 것이다.

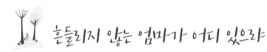

흔들리지 않는 엄마가 어디 있으랴

엄마라고 늘 옳지 않다. 아니, 늘 틀리는 것 같다. 마음속으로 몇 번을 다짐하고 이를 꽉 물고 각오해도 세상이라는 기준 앞에 늘 망설여지고 주저주저하게 되니 말이다.

우민이가 사이버학교를 다니면서 학교생활을 제대로 못했지만 중간중간 한 학기씩 경험해 본 학교생활은 아이에게나 내게 꽤 충격을 주었다. 학교라는 사회생활 때문에? 아니다. 성적표 때문이다.

어린아이로 초기화되고 나서 학교를 잠깐 다니게 되었을 때였다. 학교에서 돌아온 아이 표정이 나라를 잃은 표정과 같았다. 병원에 실려가기 전까지는 뭐든 백점을 받던 아이가 시험 점수라고 부르기 민망할 정도의 성적을 받아왔다. 이미 마음속으로 있는 그대로 인정해 주고 받아들이자고 다짐했건만 시험 점수에 마음이 흔들렸다. 아이 표정을 보니 자기가 더 실망한 듯한데, 기어코 속엣말을 내뱉고 말았다.

"노력을 안 해서 그래. 노력하면 될 거야."

엄마들이 가장 많이 실수하는 말이 '우리 아이는 머리는 좋은데 노력을 안 해.' 아니던가.

나도 아이에게 똑같은 잣대를 대고 있었다. 게다가 한 걸음 더 나아가가지 말아아 할 모임에 나가고 말았다. 학부모 세계를 너무 모르는 것 같아 나간 자모 모임에서 그만 충격을 받았다. 엄마들과 밥을 먹고 차를 마시면서 들은 이야기는 영어캠프, 수학경시대회, 콩쿨대회 등등이었다. 이제껏 나와 아이가 살던 세상에는 없던 이야기뿐이었다.

한마디도 입을 떼지 못하고 돌아오는데 나도 모르게 조바심이 났다. 그간 고수해 오던, 아이를 있는 그대로 받아들이자던 생각이 심하게 흔들렸다. 바닥을 친 성적표 때문일까. 집에서 독서와 피아노만 배우는 아이를 위한다는 명목 하에 학원을 알아보고 아이를 등록시켰다. 그리고 이렇게 말했다.

"네가 병원에 있을 땐 아프지 말았으면 좋겠고, 네가 병원을 나오면 공부를 잘했으면 좋겠고, 남들 앞에 당당했으면 좋겠고, 깨끗하게 지냈으면 좋겠고, 말도 잘했으면 좋겠어."

억지로 학원에 끌려간 우민이는 결국 버티지 못했다. 이제 겨우 몸을 추스리고 학습 능력도 회복되어 가고 있는 아이에게 모터를 달아 주며 달리라고 했으니 버틸 수가 있겠는가. 달리기를 잘하는 아이들 속에서 걷지도 못하는 아이에게 달리라고 하고 좌절감을 심어 주었다.

돈을 들여 아이의 자존감을 무너뜨린 몇 달이 지났다. 태풍이 잦아들고 정신을 차려보니 이건 아니었다. 특별하고 멋진 아이를 평범하고 못난이로 만들어 가고 있었다. 아이에게 진심으로 미안하다며 사과했고, 자신에게 다짐했다.

내 아이는 특별하다.
내 아이는 평범하지 않다.
내 아이는 느리다.
내 아이의 장점을 보자.
내 아이를 인정하자.

다시 일상으로 돌아왔다. 성적이 바닥이면 어떤가. 아이가 좋아하는 일에 집중하자. 좋아하는 것을 더 좋아하게, 잘하는 것을 더 잘하도록 했다. 수학을 접고, 좋아하는 책을 읽어 주고, 노래를 들려주었다.

아이가 잘하는 건 책읽기, 글쓰기였다. 모든 것이 초기화되기 전에는 일기도 창작도 재미있게 스스로 했고, 그 성향이 이어지고 있었다. 그래서 다시 책을 읽기 시작하면서 일주일에 서너 편 독서 감상문을 쓰도록 했다. 나름 승부욕을 보이고 성취감도 느끼며 글쓰기를 시작하더니, 일년 뒤엔 일기쓰기를 시작했다. 우민이의 일상은 다른 친구들에 비해 훨씬 단조로워 일기를 쓰는 게 쉽지 않았다. 나는 매일 단어나 문장을 하나씩 주고 아이는 그 주제에 맞게 글을 뚝딱 썼다. 좋아하는 일을 하고 있는 아이 표정은 밝게 빛났다.

"엄마, 나 멋지죠?"

환하게 웃는 그 표정을 잊을 수가 없다. 좋아하는 일을 하는 사람의 표정이 저렇게 환하다는 것을 그때 비로소 알 수 있었다.

고등학생이 된 우민이가 첫 성적표를 받아왔다. 고등학생 성적표는 처음 보는 거라 신기했고, 뭐가 되게 복잡했다. 그럼에도 아이의 성적은 왜 그렇게 크게 들어오는지 눈을 부릅뜨고 보니 역시나였다. 이미 오래 전 학업 성적에 대한 기대를 접고 아이도 그래서 그런지 바닥을 깔아 준 성적에 참 당당했다.

"엄마, 저는 수시보다는 정시를 봐야 할까 봐요."

"왜?"

"애들 바닥 깔아 주게요."

이건 또 뭔 소리람! 자기같이 공부 못하는 애들이 성적 바닥을 깔아

쥐야 다른 친구가 내신을 잘 받아 대학 합격에 유리하다는 것이다. 나의 교육철학이 뭔가 삐끗하는 순간이다. 그렇지만 웃으면서 말했다.

"그래도 네 뒤에 몇 명 줄을 세웠네. 학교도 제대로 못 다닌 애가 뒤에 줄도 세우고 대단하다."

"하하, 그러게요. 제 뒤에 열 명도 넘게 있어요."

"그래, 네가 잘할 수 있는 일을 하면 되지 뭐. 바닥 깔아 주는 걸 잘할 수 있으면 그렇게 친구들을 위하는 것도 좋겠네. 넌 너 잘하는 거 하면 되니까."

이젠 더 이상 흔들리지 않는다. 흔들리지 않을 생각이다. 문득문득 차오르는 욕심을 누르는 것은 여전하다. 하지만 누르고 또 누른다. 그러다 보니 흔들리던 마음도 조금씩 뿌리를 내린다.

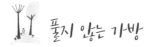

풀지 않는 가방

내 방 한쪽에 트렁크 하나가 놓여 있다. 외래로 갔다가도 입원을 반복했던 우리는 병원에 갈 때 늘 트렁크를 싣고 간다. 입원할지도 모르니까.

트렁크에는 병원 생활에 필요한 물품들이 들어 있다. 세면도구, 신발, 간단한 이불, 이건 계절이 바뀌면 바꿔 놓는다. 그리고 물통, 소변통, 나비바늘, 충전기, 화장지, 옷가지, 이것도 계절이 바뀌면 바꾼다. 병원

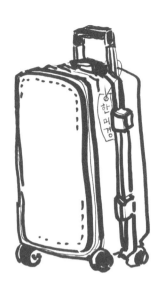

에서 필요한 것은 다 들어 있다. 급하게 입원하면 필요한 것 사러 가느라 아이를 혼자 두어야 하기 때문에, 나는 매일 트렁크를 준비한다. 트렁크는 우리와 함께 입원하고 퇴원을 한다.

이제 트렁크가 필요할 만큼 위급한 상황이 오지 않는데도 여전히 놓여 있다. 언제 닥칠지 모를 일에 대비하는 유비무환. 아니, 언제 닥칠지 모르는 것에 대한 불안함이다.

아이가 기침을 하면 불안하다. 아이도 불안해한다. 기침을 하면 아이는 꼭 손바닥을 들여다본다. 객혈에 대한 두려움이다. 나는 애써 외면하지만, 내 얼굴에 이미 매직으로 '두려움'이라고 쓰여 있다.

"엄마, 데리러 올 수 있어요?"

아이 전화다. 코를 훌쩍인다. 겨울이라 걱정이다. 감기에 걸렸나 싶어 물었더니 아니란다. 무슨 일이 있었느냐고 물어도 아이는 아니라고만 한다. 만나서 얘기하자 하고 전화를 끊고 아이를 데리러 갔다. 아이 눈가가 촉촉하다. 그리고 코를 훌쩍인다.

"무슨 일 있었어?"

아이가 다니는 학교에는 '쉼 있는 날'이라고 해서 한 달에 한 번 보충 수업도 야간자율학습도 하지 않고 정규 수업만 하고 하교하는 날이 있다. 오늘이 그날이다. 학교 행사가 있어 평소보다 좀 늦은 시간이었다. 궁금해서 무슨 일 있었느냐고 다시 물었다. '타임캡슐'을 묻었다고 한다. 2030년 1월에 열어 볼 거라고 했다. 그런데 그걸 하면서 눈물이 났단다.

왜 눈물이 났을까? 뭘까? 알 것 같아 가슴에서 뜨거운 것이 올라왔다. 아이를 조심스레 쳐다보았다. 아이가 먼 곳을 응시한 채 아무 말이 없다. 한참 있다가 아이에게 되물었다.

"왜 울었는지 말해 주면 안 돼?"

얼마 뒤 이런 답이 돌아왔다.

"엄마, 제가 과연 2030년까지 살 수 있을까요? 제 타임캡슐을 열어 볼 수 있을까요?"

가슴이 쿵, 내려앉았다. 이젠 다 왔다고 생각했다. 예전처럼 병원 생활이 잦은 것도 아니고, 이젠 서로 훈련이 되고 단련이 되어 마음의 근육이 생긴 줄 알았다. 그런데 아이는 늘 불안했나 보다. 아니, 그 마음을 외면했는지도 모른다. 얼마나 감정을 꾹꾹 눌러담으며 살았을까. 애처로운 생각이 들어 아무 말도 못하다가 아무 일도 아니라는 듯 대답했다.

"야, 뭘 그런 걱정을 하고 사니? 당장 내일 일도 모르는 게 사람인데. 엄마도 당장 내일 어떻게 될지 모르는데…"

"엄마는 건강하시잖아요. 가끔 피곤해하시는 것 빼고는."

"너도 괜찮아. 일어나지도 않은 일 때문에 감정 소모하지 마."

말은 그렇게 했지만 건강해서 미안했다. 건강하게 낳아 주지 못해서 미안했다. 무슨 말을 해 줘야 아이가 그 불안함을 이길 수 있을까. 도무지 답이 떠오르지 않았다.

이제는 트렁크를 풀어 놓을 때라고 생각했는데, 아직은 아닌지도 모른다. 언제 우린 그 가방을 풀 수 있을까. 언제면 그 불안함을 풀어 버릴 수 있을까. 평생 숙제가 될지도 모른다.

하지만 이런 생각도 한다. 지금까지의 인생이 철저하게 예측하거나 계획해서 진행된 일은 없다. 그저 시간이 흘러가는 대로 보이지 않는 그분의 손길에 따라 흘러갔을 뿐이다. 그러니 일어날 수도 있지만 일어나지 않을 수도 있는 일 때문에 미리 힘들게 감정을 소모하고 싶진 않다.

아이가 죽음의 문턱에 다다랐을 때도, 생활비가 없어 막막했을 때도, 앞이 보이지 않는 캄캄한 터널을 지날 때도 그저 오늘을 살아낸 우리였다. 그 오늘을 버텨 내 또 다른 오늘을 살아가는 것처럼, 오늘을 씩씩하게 살자고 말하고 싶다.

"우민, 오늘 타임캡슐 어떤 거 묻었는지 말해 줄래?"

"안 돼요."

"야, 엄마한테 그 정도는 말해 줄 수 있지 않냐? 여기까지 데리러 와 줬는데."

"헤헤, 그래도 안 돼요. 비밀이에요."

"그래, 10년 뒤에 별것 아니기만 해 봐. 그나저나 오늘 뭐하고 놀래? 학교도 일찍 끝났겠다, 하고 싶은 거 하자."

"음, 영화 봐요."

"그럼 그렇지. 좋아, 제일 좋아하는 거 하고 제일 좋아하는 거 먹고 들어가자."

언제 우울했는지 모르게 우리 모자는 주어진 하루를 최선을 다해 재미있게 살아간다.

제주니까

제주의 하늘은 우리를 감싼다

고향인 제주행을 택한 건 지금 생각해도 잘한 일 같다. 고향을 떠나 객지에서 살 때는 가족과 연락도 자주 하지 않고 언니와 트러블이 있곤 연락을 끊었지만, 그래도 고향은 푸근하고 언제든 나를 받아주는 곳이 란 마음이 있었던 것 같다.

제주로의 컴백은 여러 여건이 만들어져 가능했다. 처음엔 가고 싶어도 아이 때문에 생각도 못한 일이었다.

"선생님, 제주로 내려가고 싶은데요."

"어머니, 지금 아들이 어떤 상태인지 알면서 그래요? 언제 어떻게 될지 모를 아이를 제주도까지 데리고 가겠다고요? 그런 말 하지도 말아요."

"그래도 제주는 공기도 더 좋고 덜 복잡하잖아요."

"안 돼요. 꿈도 꾸지 말아요."

강경하게 반대하던 주치의 선생님 때문에 제주행은 포기했었다. 그런데 우민이가 여섯 살 되던 해 반가운 소식이 들렸다. 어느 날 주치의 선생님이 이랬다.

"우민 어머니, 아직도 제주에 가고 싶으세요?"

"가면 안 된다 해서 마음 접었어요."

"아니, 원하면 가도 돼요. 이번에 실력 좋은 선생님이 제주도 병원에 내려가게 됐어요. 그분이 우민이 돌봐주면 되니까 내려가도 돼요."

이게 웬일인가 싶어 우리는 바로 제주행을 선택했다. 그저 제주라는 곳이 주는 편안함과 자연 그대로의 풍경, 엄마의 어릴 적 추억이 깃든 곳이라는 정서적 안정감, 그리고 도심에서 벗어난 여유로움을 아이에게 선물해 주고 싶었다.

물론 이곳에 내려올 때 우리 모자는 무일푼에 아무것도 없는 단출한 상태였다. 그래도 괜찮았다. 매일매일 죽을 고비를 넘기던 아이가 병원을 놀이터보다 더 많이 다닐지언정 여전히 살아 있고, 또래 아이들에 비해 더 똘똘하게 크고 있으며, 그 아이를 보는 즐거움에 하루하루 살아갈 힘을 내고 있으니, 다시 시작하면 될 일이었다.

언제 어렵지 않은 시작이 있었으랴. 늘 어렵고 까다로운 숙제 같은 삶이었지만 결국 해답이 있다고 생각하니 제주에서의 새로운 시작은 나름 기대가 있었다. 일단 살 집과 일할 곳, 여섯 살 된 우민이가 다닐 어린이집까지 알아보았다.

특히 중요한 것은 아이의 환경이었다. 아픈 아이를 케어해 줄 선생님을 참 많이 찾아다녔는데, 그렇게 찾은 어린이집에서 일이 벌어졌다.

심장병 수술을 두 번이나 받은 우민이는 소리에 예민할 수밖에 없는데, 처음 데려간 어린이집 선생님의 목소리가 정말 우렁찼다.

엄마의 조용한 목소리에 익숙한 아이가 우렁찬 소리를 견디지 못하고 쓰러져 버린 것이다. 아이의 눈이 뒤집히고 입이 돌아갔다. 어린이집에서 병원으로 실려 갔다는 말에 놀라 뛰어가 보니 실신 직전이었다.

병원에 입원해 온갖 검사를 한 끝에 뒤집힌 눈은 돌아왔으나 입은 돌아오지 않았다. 아주 작은 소리에도 깜짝깜짝 놀랐다. 한의원을 찾았다. 제주도는 아이들에게 주기적으로 침을 맞히곤 하므로 (지금은 그렇지 않은 것 같다.) 아이를 데리고 침을 맞으러 갔는데, 침 하나를 놓자 아이가 쓰러졌다.

"아이구, 이러다 애 잡겠네. 그냥 병원 치료 받으세요."

별 수 없이 다시 병원에 다니며 돌아간 입을 치료해야 했다. 꽤 시간이 걸려 입이 돌아오긴 했지만, 간혹 스트레스를 받으면 입을 실룩거렸다. 남들이 하는 건 다 하고 하지 않는 것도 다 하는 아이, 산을 하나 넘었나 싶으면 또다시 산이 나타났다.

제주에 오자마자 호된 신고식을 치렀지만 우민이는 제주를 참 좋아한다. 지금도 기억나는 어린 우민이의 모습이 있다. 먹고 사는 데 급급한 엄마 때문에 제주를 제대로 보지 못한 아이를 위해 어느 날인가 오름을 오르게 되었다. 그것도 일부러 간 것이 아니라 버스를 타고 가다가 우연히 내렸기 때문에 주어진 기회였다.

야트막한 오름을 오르던 우민이는 자연과 하나가 된 듯 여기저기 뛰어다녔다. 이제는 청색증도 사라져 평범한 아이 같았다. 그 아이가 나지막한 구릉 위를 뛰어다니다가 잔디밭을 데구르르 굴러내려오는 게 아닌가. 더 압권은 그 아이가 환한 표정으로 했던 말이다.

"엄마! 자연은 나를 숨쉬게 해 주는 것 같아요. 제주도가 참 좋아요."

여전히 삶은 팍팍해도 우리 모자는 제주에서 살고 있다.

 ## 드디어 자물쇠를 열다

어느 날 아이가 이런 말을 했다.

"엄마, 난 그 아이랑 다니는 거 싫은데 자꾸 그 애가 나랑 다니려고 해서 귀찮아요."

먼저 어린이집을 찾아가 보았다. 귀찮게 한다는 아이는 우민이보다 한 살 적지만 덩치는 훨씬 컸다. 잠깐 살펴보니 화장실에 갈 때도, 다른 곳으로 이동할 때도 우민이를 데리고 다녔다. 덩치가 커서 위화감을 느꼈을까? 아님 동생이 가자고 해서 따라다녀 준 걸까? 어린이집에선 둘이 아주 친하다고 하고, 나는 그 말을 믿고 아이를 달랬다.

"동생이 네가 좋아서 그러는가 봐."

그때 우민이의 무표정한 얼굴에 좀 더 신경을 썼어야 했다.

또 얼마간의 시간이 흘렀다. 워낙 책을 좋아하는 아이였지만 엄마가 읽어 주는 것을 더 좋아해 그날도 책을 읽어 주고 있었다. 어린이집에 다니는 한 아이가 친구로부터 괴롭힘을 당하는데, 꿈에서 초능력을 발휘해 괴롭히는 친구를 빌딩 난간에 세워 놓고 내려 주지 않는다는 내용이었다. 이 이야기를 듣고 있던 우민이가 이렇게 말했다.

"엄마, 나도 그 친구를 빌딩에 올려놓고 내려 주기 싫어."

그제서야 사태가 심각하다는 것을 느꼈다. 다음 날 다시 어린이집을 찾아갔지만 무지했던 엄마는 대처 능력이 부족했다. 그저 둘이 친하게 지낸다는 어른들의 말을 더 믿었던 것이다. 하여 결정적인 실수를 하고 말았다.

"너희 친하다면서!"

아이는 그 후 말을 하지 않았다. 처음엔 좀 속상해서 그러려니 했는데 그게 아니었다. 마음의 문을 닫은 아이는 어떤 충격을 주어도 입을 열지 않았고 소리조차 내지 않았다. 일곱 살짜리 아이는 세상과 단절하고 말았다. 심장이 아픈 아이를 마음까지 아프게 했다. 엄마가 잘못했다고 빌기도 하고 화를 내기도 했지만 속수무책이었다. 아이의 입을 열게 하기 위해 병원도 숱하게 다녔으나 속시원한 방법이 없었다.

"우민아, 네가 아프니까 아프면 아프다고 말을 해야 알 수 있어."

"……."

"말하기 싫은 거니, 말을 할 수 없는 거니?"

"……."

미칠 노릇이었다. 아이 입은 굳게 달히고 엄마 심장은 타들어 갔다. 그러는 동안 아이가 여덟 살이 되고 초등학교에 입학하게 되었다. 한참 재잘거리며 듣고 말하고 쓰기를 해야 하는 시기에 말하기가 어려운 아이는 더욱 어두워졌다. 엄마로서 죄책감과 안타까움, 절망감이 더해 갔다. 이러다 아이 입이 평생 닫히면 어떡하나 덜컥 겁이 날 땐 뜬눈으로 밤을 새웠다.

아이의 초등학교 1학년 생활이 하루하루 지나갔다. 함께 등하교를 하면서 우리 모자는 말이 없었다. 어느 날 학교를 마치고 집으로 돌아올 때였다. 여전히 묵묵히 걷고 있는 우리 모자 앞에 자전거 한 대가 맹렬하게 달려들었다. 속도가 어찌나 빠른지 시속 150킬로미터는 되어 보였고, 자전거와의 충돌이 임박했다.

"위험해!"

나는 아이를 품에 안고 자전거와 부딪혔다. 순간 넘어진 자전거 주인보다 내 아이가 다치지 않았을까 걱정이 앞섰다. 그래서 나도 모르게 빽 소리를 질렀다.

"너 인도에서 자전거를 그렇게 위험하게 타면 어떡하니?"

"아, 죄송합니다, 죄송합니다."

그제서야 이성을 찾은 나는 그 아이가 괜찮은지 확인했다. 이런 나를 뚫어지게 쳐다보는 눈빛이 느껴졌다. 우민이었다.

"우민아, 괜찮아? 다친 데 없니?"

"엄… 마!"

그러나 그게 다였다. 그렇게 아이는 고등학생이 되어도 몇 명의 어른들에게만 입을 열 뿐, 친구들과는 말을 하지 않았다.

고등학교 2학년, 더 이상 기다릴 수 없었던 나는 무조건 선생님과 아이들에게 전화를 걸어 우민이에게 말을 하게 했다. 이제 조금씩 함묵증에서 벗어나기 위해 노력하고 있다.

19년째 아들의 심장병과 싸우다 못해 함묵증과도 싸우는 우리는 외로운 투사다. 하지만 이 어려움이 짙어질수록 그 속에서 배우게 되는 삶의 지혜와 사랑이 깊어지고 있음을 이제는 느낄 수 있다. 그래서 어려워도 포기할 수 없다. 그리고 드디어 자물쇠를 열었다.

아들과 함께한 제주 여행

제주에 와서 우리 모자가 여행다운 여행을 한 적이 없다는 것을 알았다. 미안하고 또 미안했다. 엄마는 늘 미안하기만 하다.

"아들, 어디로 갈까? 가고 싶은 데 있어?"

"글쎄요, 제대로 아는 데가 없어서요."

"맞아. 우리 그냥 발길 닿는 대로 가 보자."

우민이는 흔쾌히 그러자며 차에 올라탔다. 어렵게 마련한 자동차에 아이를 태우고 출발했다. 제주도는 관광단지이고 천혜의 자연 문물이 숨쉬는 곳이니 어디든 바람과 돌과 바다가 보일 거라 생각하고 서쪽으로 갔다. 갈림길이 나오면 아이와 가위 바위 보를 해서 이긴 사람이 가자는 곳으로 향했다. 그러다 도착한 곳이 서귀포 휴양림이다.

이곳은 전에 친구와 함께 와 본 곳이기도 하다. 그때 휴양림을 걸으며 아이와 함께 와야지 했던 곳이다. 봄의 휴양림은 푸르름 그 자체였다. 집에 있는 시간이 많으니 우민이는 움직이는 걸 귀찮아한다. 그런 아이가 휴양림에 왔으니 지겨울 법도 한데, 그래도 숲길산책로, 건강산책로를 묵묵히 걸었다. 아이 컨디션을 계속 체크하며 좀 힘들어하는 기색이 보이면 쉬고, 그것도 안 되면 걷기보다 드라이브로 바꾸었다.

휴양림의 트레이드 마크랄 수 있는 가족 캠프장이 보였다. 엄마 아빠와 아이들이 단란하게 캠프를 즐기는 모습을 물끄러미 바라보는데 괜히 콧날이 시큰했다. 우민이가 외로워하면 어쩌나 싶은 생각이 들고, 한편 언제쯤 우리도 마음놓고 캠프를 즐길 수 있을까 부럽기도 했다.

다행히 아이도 좋아하는 눈치였다. 진즉 이렇게 여행을 다닐 걸 후회가 되었다. 어느새 하루해가 저물고, 아이가 대뜸 물었다.

"엄마, 내일은 어디로 갈까요?"

아이는 내일이 기대되는 듯 표정이 밝았다. 다음 날이 밝기도 전에 우민이는 일찍 여행 준비를 마쳤다. 또 계획도 없이 막연하게 나섰는데, 마침 관광버스가 지나갔다.

"우민아, 우리 저 버스 따라가 볼까? 관광버스니까 어디든 관광지로 가겠지?"

"하하하, 그거 재밌겠네요. 그래요."

우연찮게 도착한 곳이 강정마을이었다. 강정은 참 아픈 곳이다. 지금은 평화를 찾은 것 같지만 얼마 전까지만 해도 꽤나 시끄러웠다. 해군기지 건설을 두고 강정마을 공동체와 정부와의 갈등이 깊어졌기 때문인데, 그로 인해 강정마을로 가는 길엔 검문을 하고 경찰도 자주 목격되었다. 그래도 시위 모습이 보이지 않아 다행이었다.

강정마을로 들어서는데 뒤에 앉아 있던 우민이가 무슨 얘기든 해 달란다. 우민이는 엄마와 함께 있는 시간이 많아선지, 엄마에게 무슨 이야기든 해 달라고 한다. 다른 집 아들은 엄마가 몇 마디 시켜야 겨우 한마디 듣는다던데, 우리 집은 반대다. 엄마의 말을 들어주겠다는 고마운 아들이다. 그래서 어릴 때 엄마가 살아온 이야기, 오래전에 들은 이야기를 해 주었다.

한참 이야기를 하다 보니 앞에 가던 버스가 중문관광단지 아프리카 박물관으로 들어갔다. 서귀포로 이사와 살면서도 처음 보는 곳이었다. 아프리카 말리공화국의 젠네 대사원을 토대로 제작되었다고 하는데, 실제로 젠네 대사원은 흙으로 지어진 규모가 큰 이슬람 사원으로 유네스코 문화유산으로 등록되어 있단다.

바깥에서부터 볼거리가 가득한데 무엇보다 색깔이 참으로 화려했다. 우리의 시선을 끈 아프리카 가면들은 색이 얼마나 강렬한지, 이 가면들이 피카소 같은 예술가들에게 영향을 주었다고 한다.

박물관에 처음 온 우민에게 미션을 주었다.

"우민아, 네가 엄마 좀 데리고 들어가 볼래?"

한 번도 이런 일을 해 본 적이 없는 녀석은 잔뜩 긴장하고 있었다. 이런 경험을 해 볼 기회도 없었지만 다른 사람과 말을 하지 않아 그랬을 것이다. 이내 마음을 접고 자연스럽게 기회가 될 때 시도해 보자며 박물관으로 들어갔다.

"우와, 너무 멋있어요."

사춘기에 접어드는 아들 녀석이 감탄사를 내뱉는 게 쉬운 일이 아닌데, 꽤나 감격스러웠나 보다. 그때였다. 갑자기 우민이가 춤을 추기 시작했다.

"야! 웬 춤?"

"기분이 좋아요. 행복해서요. 하하하!"

작은 경험 하나에도 행복해하는 아들의 모습을 바라보는 엄마는 너무 행복했다.

다음 날 휴가 마지막날이었다. 투두둑, 아침에 눈을 뜨니 빗소리부터 들렸다. 빗줄기는 점점 굵어지기 시작했다. 비가 오니 게으름을 피우고 싶은 마음이 슬그머니 들었는데, 아들은 이미 출발 준비를 끝냈다. 결국 3일째 여행을 강행했다.

"오늘은 어디로 갈까? 우리 동쪽으로 가 볼까?"

"좋아요."

그렇게 방향을 동쪽으로 잡고 가는데 빗줄기가 점점 굵어졌다. 와이퍼를 아무리 작동해도 앞이 안 보일 지경이라 어쩔 수 없이 차를 갓길에 세웠다. 도저히 안 될 것 같았다.

"집으로 가자. 다음에 날 잡아서 오면 되지."

"안 돼요."

한사코 집에 가기를 거부했다. 어떤 근거인지 모르지만 금방 비가 그칠 거라며 버텼다. 내 생각엔 하루 종일 내릴 것 같은데 아이가 돌아가기 싫어하니 그 기분에 맞춰 주기로 했다.

'그래, 오늘 여행은 차 안이다.'

밖에서는 빗소리가 요란했지만 차 안은 뭔가 허전했다. 음악을 틀고 볼륨을 높였다. 평소에 음악을 크게 틀어놓고 질주하는 스포츠카를 볼 때면 심장이 쿵쾅거리며 꼭 한번 해 보고 싶었는데, 오늘이 바로 그날이란 생각이 들었다.

"우민아, 지금 이 순간을 즐겨 보자."

음악 볼륨을 있는 대로 높였다. 차가 들썩거릴 정도로 쿵쾅거렸다. 엄마도 아이도 몸을 움직이기 시작했다. 우민이가 어깨를 들썩이더니 춤을 추기 시작했다. 해맑게 웃으며 리듬에 몸을 맡기는 모습이 너무도 자유로워 보였다.

한참을 놀았다. 그 순간만큼 자유였다. 세상 어떤 것도 부러울 게 없었다. 얼마나 몸을 흔들었을까, 우민이도 나도 힘에 부쳐 강제로 댄스 타임을 종료했다. 체력이 저질이라며 서로 깔깔대고 웃었다. 이렇게 웃어 본 게 얼마만이지?

"우민아, 오늘 하루 종일 비가 오려나 보자. 이제 집에 가자."

"네, 그래요. 잘 놀았어요."

우리 여행은 다음 날 휴애리에 가서 자연을 만끽하며 끝났다. 그 해의 무작정 떠나는 여행 프로젝트는 대성공이었다. 한참 뒤 우민이에게 엄마와 함께한 제주 여행이 어땠는지 물었다.

"저는 비 오는 날 차 안에서 음악 들으며 춤을 춘 것이 최고였어요."

아들과의 여행으로 우리는 제주와 함께 깊어지는 중이다.

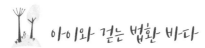 아이와 걷는 법환 바다

아픈 아이와 함께 살아도 엄마는 아이와 싸운다. 아무리 사랑한다고 수백 번 고백하며 함께 사는 사이라도 갈등이 일어나는데, 하물며 부모 자식 간은 오죽할까.

"뭐라고? 대답 좀 해 줄래?"

"몰라요. 엄마랑 얘기하고 싶지 않아요."

"왜?"

"엄만 너무 다혈질이에요."

"……."

아이를 키우다 보면 화나는 일이 많다. 솔직히 고백하건대 내 잘못이 거의 90% 이상이다. 인정하고 싶지 않지만 나는 성격이 급하다. 선천적인 부분도 있지만 워낙 팍팍한 삶을 살아서일까, 늘 시간에 쫓겨 살다 보니 급해진 것도 있는 듯하다.

우민이는 모든 게 초기화되고 난 뒤 느려졌다. 처음엔 몸과 마음이 자리를 잡아가느라 시간이 많이 걸린다고 생각했는데, 일 년 일 년 지나다 보니 그게 아니라는 생각이 들었다. 성격 자체가 변한 것 같았다. 컨디션이 좋지 않으면 뭔가 하다가 그만두거나, 몸을 쉬도록 하는 데 익숙해져선지 느릿해졌다.

홈스쿨링을 할 때는 시간에 크게 구애받는 게 없었지만 고등학교 입학과 함께 시간과의 전쟁이 시작되었다. 매일 아침 아이를 깨워 눈곱도 떼지 않고 머리를 슥슥 빗는데도 왜 그렇게 동작이 느린지 지각이 많았다. 그럴 때마다 참아야지 하지만, 욱하는 감정이 올라와 나도 모르게 목소리가 커졌다. 느긋한 아이는 그럭저럭 엄마의 성화를 받아넘기기도 하지만 감정을 드러내기도 했다.

어디 동작이 느린 것 때문이겠는가. 사소한 것에서도 의견이 엇갈린다. 엄마로서 도저히 안 되겠다 싶을 땐 야단을 치며 행동을 교정해 주려 하는데, 나도 감정의 동물인지라 격해질 때가 있다. 일단 목소리 톤이 높아지고 표정이 상기되는 것을 본 아이의 반응은 입을 꾹 닫는 것이다.

"너 대답 안 할 거야?"

이 정도까지 진행되면 모자 전쟁이 시작된다. 엄마는 일방적으로 공격하고, 아이는 일방적으로 모르쇠로 방어한다. 답답한 건 나다. 그러다 보니 결국 씩씩거리며 감정을 끌어안고 혼자 괴로워했다.

아들 녀석이라고 안 그랬을까. 하지만 다혈질이란 말을 듣고 살짝 충격을 받은 나는 자신을 돌아보았다. 죽을 때까지 아이만 사랑하고 살겠다고 기도하던 엄마의 모습이 사라진 것 같았다.

"주님, 제가 왜 이럴까요. 그저 살아 있게만 해 달라고 할 땐 언제고 이렇게 아이한테 상처를 주네요."

그때 지혜가 떠올랐다. 극복할 수 없다면 피하는 것이다. 그날 이후 화가 나거나 갈등이 생길 것 같으면 일단 자리를 피하는 방법을 선택했다. 그날 이후 아이와 부딪히는 상황이 생기면 일단 자리를 피했다.

그러다가 한번은 좀 심각한 상황이 되었다. 아이는 고집을 피우는 상황이었고, 나는 아이를 위한 길이라는 생각에 물러서지 않았다. 한참을 대치 상태로 있으면서 감정을 억누르고 있는데 상황이 나아지지 않았다. 일단 자리를 피했지만 좀처럼 감정이 누그러들지 않았다. 차에 시동을 걸었다. 부릉부릉, 신경질적으로 시동 걸리는 소리가 마치 나의 감정 상태 같았다. 그리고 아들에게 전화를 걸었다.

"나와!"

잠시 후 아들 모습이 보였다. 말없이 차에 오른 아들을 태우고 출발했다. 서로 씩씩거리고 있는 상황, 차 안은 고요한 정적이 흘렀다.

그렇게 도착한 곳은 범섬이 보이는 법환 바다였다. 그 법환 포구길을 말없이 걷기 시작했다. 제주도에서 태풍이 가장 먼저 오는 곳, 태풍이 올 때마다 기자들이 찾아와 태풍 소식을 전하는 그곳 바람을 맞으며 말없이 걸었다.

그 뒤를 아들 녀석이 따라왔다. 콧날이 시큰하도록 불어대는 바닷바람을 맞으며 걷고 있으니 어느 순간 여기 왜 왔는지 까맣게 잊어버렸다.

"안 춥나?"

나도 모르게 평소에 하던 말을 건네고야 말았다. 이심전심이었을까.

"괜찮아요."

잠시 정적이 흐르고 둘 다 '풋' 하고 웃어 버렸다. 방금 전까지만 해도 붉그락푸르락하던 사실을 까먹었던 것이다.

더 이상 싸움은 무의미했다. 바닷바람에 이미 감정은 다 날아갔고, 사이좋은 엄마와 아들만 남았다.

"엄마, 저기 보이는 범섬은 어떤 곳이에요?"

"제주 하면 설문대 할망 전설이 유명하잖아. 그 설문대 할망이 한라산을 베개 삼아 누우면 발이 닿는 곳이 범섬이야. 설화 속 장소이면서 섬 전체가 천연기념물이야."

우리는 이야기를 나누었고, 손까지 맞잡고 사이좋게 돌아왔다.

아들과 함께 걷는 길 위에 삶의 갈등은 아무것도 아니라는 생각이 든다. 그날부터 우리는 제주 길을 걷는다. 특히 뭔가 감정이 어긋나거나 갈등이 일어날 때, 함께 걷고 싶을 때, 우린 그 길을 걷는다.

"엄마, 나는 엄마랑 있을 때 제일 행복해요."

공주의 도전기

"엄마 별명이 뭔지 알아?"

"글쎄요, 뭔데요?"

"공···주."

"네? 그건 좀, 엄마 너무 자뻑 아닌가요?"

"너무하네. 엄마를 있는 그대로 공주로 봐주면 안 되겠니? 설마 엄마가 진짜 공주병에 걸린 줄 알아? 공부하는 주부라서 공주다."

"아하···."

그제서야 녀석이 고개를 끄덕였다. 언제부턴가 나는 공주가 되었다. 어릴 때는 똑순이란 별명이 그렇게 싫더니, 마흔 넘어 공주라는 다소 부담스런 별명이 싫진 않았다. '공부하는 주부'라는 말이 고여 있는 물 같지 않아서 좋고, 뭔가 배우는 일에 도전하는 엄마를 아들이 자랑스럽게 생각해 주어서다.

공주가 된 것은 어떻게든 살기 위해서였다. 집과 병원을 오가며 아픈 아이를 홀로 키우다 보니 생계는 오롯이 내 몫이 되었는데, 이렇다 할 직업이 없었기에 곤란할 때가 많았다. 닥치는 대로 일을 하고 투잡 쓰리잡을 하면서도 생활은 늘 곤궁했다. 돈이 없어 3개월을 라면만 먹고 버텼고, 한겨울에 추운 방에서 버티다 보니 몸이 굳어 119에 실려가기도 했다. 사는 게 너무 팍팍해서 그대로 죽었으면 바라기도 했다.

'내일 아침엔 눈이 떠지지 않았으면 좋겠다.'

그런데 어느 날 일하던 공장 화장실에서 글귀 하나를 발견했다.

'자랑스러운 자식을 바라기보다 자식에게 자랑스러운 부모가 되라.'

그 글을 읽는데 코끝이 시렸다. 아픈 아이에게 나는 어떤 엄마일까? 늘 인상 찌푸리고 힘들단 말을 달고 사는 짜증 많은 엄마는 아닐까? 후회가 밀려왔다. 어떻게 하면 자랑스러운 엄마가 될 수 있을지 생각했다.

조언을 해 줄 멘토가 없었기에 책에서 찾아보기로 했다. 무작정 서점에 가서 눈에 들어오는 책 한 권을 집어들었다.《내 나이가 어때서》, 제목이 내 상황과 맞아떨어지기도 해 그 자리에서 단숨에 읽었다. 그 책은 65세 안나 할머니의 국토 종단 여행기였다. 모두 늦었다고 생각하던 때 불가능하다고 생각한 일에 도전한 내용이었다.

"내 나이가 어때서. 나는 무엇을 배울 때 그것을 당장 써먹는다고 생각하지 않는다. 그것을 배우는 동안 기분 좋은 긴장과 삶의 생기를 맛볼 수 있으니 그것만으로도 충분하다. 그러다가 목표를 달성할 때까지 맛볼 수 있게 된다면 그것만으로도 충분하다. 그러다가 목표를 달성해서 성취감까지 맛볼 수 있게 된다면 자신감 또한 얻으니 배움을 게을리할 필요는 없지 않은가."

책을 통해 도전을 받은 나는 무엇을 어떻게 배워야 할지 고민했다. 그러다가《하고 싶다 파고 싶다》는 제목의 책을 통해 큰 용기를 얻었다.

"자신만의 향기와 빛깔을 지니기 위해 끊임없이 노력할 때 하고 싶은 일이 할 수 있는 일이 된다."

그때부터 나의 색깔을 찾기 위한 배움과 도전이 시작되었다. 얼마 후 아는 언니로부터 독서지도사 제안을 받았다. 평소 책을 많이 읽는 모습을 지켜보던 언니가 추천해 준 것이다. 젊은 시절, 제주 처녀란 꼬리표가 늘 따라다녔는데, 말하는 직업을 가진 곳에서는 제주 사투리 때문에 놀림을 받기도 하고, 어떤 곳에서는 대학 학번이 뭔지 몰라 창피를 당하기도 했다. 그럼에도 책 읽는 것을 워낙 좋아하여 월급을 받으면 무조건 서점에 들러 책을 사서 읽곤 했다. 그 습관이 계속 이어져 책을 즐겨 읽었는데, 그 모습을 좋게 보았는지 독서지도사를 추천받았다.

고등학교를 졸업하고 이렇다 할 직업도 없던 내가 선생님이 된다고 생각하니 언감생심이었다. 그래도 추천해 준 분을 봐서 논술학원을 찾아가 거절 의사를 밝혔는데, 원장님이 대뜸 우리나라 강에 대한 조사를 과제로 내주었다. 거절에 대한 미안함의 선물이라 여기고 자료 조사를 하다 보니 밤을 새우게 되었다. 의무감 때문이 아니라 새로운 사실을 알게 되면서 느끼는 희열이랄까, 배움이 주는 즐거움에 사로잡혔다는 표현이 맞을 것이다.

조사한 자료를 본 원장님은 칭찬을 아끼지 않았고, 그때부터 논술학원을 다니며 보조일을 하다가 독서지도사 자격을 갖추고 가르치는 일까지 하게 되었다. 물론 아들은 나의 영원한 1호 제자였다. 그러다 고졸이란 장애물이 현실적으로 다가왔다. 학원에서 아이들을 가르치려면 전문학사 이상이 되어야 하는데, 독서지도사 자격증만으로 부족했기에 학원을 그만두어야 했다.

아픈 아이를 홀로 키우며 전문직을 갖기 위해 다시 공부를 해야 하나, 생각이 많아졌다. 하지만 내 안에 배움에 대한 소망이 끓고 있었기에 배움의 길을 선택했다. 방송대는 나와 같이 일하면서 아이를 돌봐야 하는 상황에서는 한줄기 빛이었다.

제주도에 와서도 방송대 공부는 계속했다. 물론 생활의 곤궁함은 이어졌다. 거처가 없어 친정집 밖거리(바깥채)에 살며 어떻게든 두 식구가 살 방법을 찾다보니 주민센터에서 사회복지사로 일하는 동창을 만났고, 친구를 통해 주민센터 복지도우미 일을 얻게 되었다. 죽으란 법은 없었는지 주민센터에서 도우미 일을 하며 나름 인정을 받게 되었는데, 사회복지 관련 업무는 아픈 아이를 키우는 엄마에게 잘 맞았다. 그러자 주변에서 사회복지사 공부를 하라고 강권했고, 사이버대학을 통해 일 년간 공부하여 사회복지사 시험에 합격했다. 방송대에 다니면서 사회복지로 전문학사가 된 것이다.

주민센터에서 3년간 근무하다가 사정이 생겨 직장을 그만두게 되면서 다시 독서지도사의 길을 걷게 되었다. 우민이는 엄마의 변화와 도전을 지켜보며 말했다.

"엄마, 저도 엄마처럼 독서지도사 하면 안 돼요?"

"왜? 우민이도 하고 싶어?"

"네. 그것도 그렇고 엄마 일하는 거 보니까 자랑스러워서요."

아들이 엄마를 자랑스럽게 여기고 있다는 말에 가슴이 찡하게 울렸다. 자랑스러운 자식을 바라기보다 자랑스러운 부모가 되는 것에 한 걸음

다가선 것 같았다.

그 뒤 우민이가 아주 많이 아프고 회복 기간을 갖게 되면서 의도치 않게 경력 단절이 된 나는 또 한 번 도전을 해야 했다. 집에서 아이를 돌보면서도 배움의 끈을 놓지 않고 방송대 청소년교육학과에 편입하여 학사가 되었고, 유아독서지도, NIE, 상담 등 닥치는 대로 공부하여 자격증을 50여 개 땄다. 배움에도 가속도가 붙는지 '그까이꺼 한번 해 보지 뭐' 이런 배짱이 생겼다.

미친 듯이 공부하는 과정에서 도전한 분야는 강사였다. 젊은 시절 사내 방송을 하며 말에 대한 거부감이 없었기에 가르치는 일과 말하는 일을 병행하는 강사는 내가 지닌 강점을 합해 놓은 분야였다. 물론 쉽지 않았다.

강사라는 분야도 처음 도전하는 것이고, 그렇다고 학연, 지연 뭐 그런 것이 없는 나는 무작정 이력서를 보내고 문을 두드렸다. 떨어지는 데도 많았지만 합격하기도 했다. 고맙게도 초보 강사를 불러주는 곳에서부터 강사를 시작했다. 말은 곧잘 했어도 대중 앞에 서는 게 너무 떨려 발표하는 훈련을 독하게 받기도 했고, 강의 내내 덜덜 떠는 바람에 강의를 듣던 아이로부터 "선생님 왜 그렇게 떨어요?"라는 말을 듣고 쥐구멍에라도 들어가고 싶은 날도 있었다.

어느 정도 회복되어 가던 우민이가 중간중간 객혈로 응급실에 실려가는 날은 강의가 끝나자마자 병원으로 뛰어가 아이를 돌보기도 하고, 상황이 여의치 않을 땐 우민이 학교나 주변 지인들에게 연락하여 응급 상황에 대처하기도 했다. 한번 병원에 들어가면 짧게는 하루, 길게는 며칠 있어야 하기에 강의하는 데 어려움이 있었지만, 이 모든 일을 하는 이유는 자랑스러운 엄마, 우민이에게 그런 엄마가 되고 싶기에 극복해 나갔다.

이런 나를 지켜보는 우민이에게 어느 날 물었다.

"아들, 넌 엄마가 어떤 사람인 거 같니?"

"엄마는… 행복한 사람 같아요."

행복한 사람이 되어 보려고 즐겁게, 그리고 세상을 향해, 사람들을 향해 예의바르게 살아가고 있다.

아침에 눈을 뜨는 것이 이렇게 괴로운 일이던가.
오늘도 나는 병원 신세다. 팔에 꽂은 링거와 하얀 커튼.
다시는 보고 싶지 않았는데 이렇게 또 보게 되었다.
내 입원 경력은 정말 화려하다. 셀 수 없이 드나든 병원,
나는 아픈 것에 대해 원망해 본 적은 없다.
그냥 이것이 나라고 생각했다. 하지만 수술을 할 때는 굉장히 무서웠다.

열아홉 살
전 여전히 살아 있습니다

성우민

오늘도 안녕하신지요?

성우민

안녕하세요, 성우민입니다

저는 제주에 사는 성우민입니다. 지금 열아홉 살이지만, 열 살 때 다시 한 살이 되어 정말 열아홉 살인지는 잘 모르겠습니다.

저는 좌심실이 없이 태어났습니다. 그리고 태어난 지 99일째부터 삶과 죽음을 넘나들었습니다. 저와 같은 아이들은 아홉 살에 별이 된다고 했습니다. 그러나 저는 아직 살아 있습니다. 죽음의 신호등 앞에 무수히 서 있었고, 제 인생의 신호등은 언제나 빨간색이었습니다. 그러나 살아 있는 한 제 신호등은 초록색입니다.

저는 열 살에 이 세상을 떠나야 했습니다. 그런데 하나님은 제게 다시 한번 기회를 주셨습니다. 기적을 선물 받았습니다. 하지만 다시 한 살로 살아가는 것은 정말 끔찍했습니다. 머리는 멀쩡한데 기저귀를 차야 하는 현실을 받아들이기 힘들었습니다. 그 상황에서 제가 할 수 있는 것은 절망뿐이었습니다.

매일매일 죽고 싶다는 생각을 하며 모든 걸 내려놓고 싶었습니다. 하지만 시간이 약이라고, 저는 엄마의 지극한 보살핌으로 점차 나아졌습니다. 그리고 다시 인생을 살고 있습니다.

죽을 고비를 넘기고 넘긴 저에게는 버스를 타는 것, 영화표를 끊는 것, 운동화끈을 매는 것, 모든 것이 도전이고 과제입니다. 고등학생인 제가 고민하기에는 말도 안 되는 것 같지만, 남들과 다른 시작점에 서 있는 저에게는 사소한 일이 아니라 심장이 터질 것 같은 도전입니다.

공부도 마찬가지입니다. 삶이 재부팅되면서 모든 것을 다시 시작해야 했기에 어려움이 참 많았습니다. 어릴 적 영재 소리를 듣고 자란 저는 세 살 때 글자를 읽고, 여섯 살 때 천자문을 읽고 쓸 수 있었습니다. 그런 제가 뒤에서 1번을 하고 있으니 정말 자존심도 상하고 슬프기까지 합니다.

저는 심장만 아픈 것이 아닙니다. 어느 날 저에게서 소리가 떠났습니다. 함묵증, 저는 말을 할 수 없게 되었습니다. 말을 하고 싶어도 할 수 없는 답답함, 제 마음을 표현할 수가 없어서 찾아오는 우울감.

그런데 느린 것도 아픈 것도 어느 날부터 괜찮아지기 시작했습니다. 이번엔 키가 문제였습니다. 아파서 금식하는 날이 더 많아 키가 작습니다. 10센티미터만 더 컸으면 하고 간절히 원했습니다.

제가 가진 모든 상황과 조건은 정말 최악이었습니다. 그런데 문득 불만만 갖고 있으면 완전한 저로 살기 힘들겠다는 생각이 들었습니다. 느리더라도 채울 수 있는 것을 찾았습니다. 바로 독서와 글쓰기입니다. 그리고 작가의 꿈을 꾸게 되었습니다. 불안정한 건강상태가 저를 가로막을지도 모르지만, 죽음을 이겨 낸 저의 도전은 계속될 것입니다.

아픔 위에 아픔이 더해지다

 열아홉 살 난 여전히 살아 있다

유치원 때 친구들과 수영장에 갔는데 친구가 물었다.

"너 이거 뭐야?"

내 가슴에 선명하게 드러난 수술 자국. 나는 그게 모든 아이들에게 다 있는 줄 알았다. 나에겐 늘 있었기 때문에 이상한 줄 몰랐다.

"이게 왜?"

"이상하잖아. 나는 그런 거 없는데."

친구의 말을 듣고 나는 영문을 몰랐다. 그리고 집에 돌아와서 엄마에게 물었다. '수술 자국'이라고 했다. 맞다, 나는 아팠다. 내 심장은 고장이 났다. 고치고 또 고치고 있는 중이다. 조금만 걸어도 힘들고, 사람들은 나를 안타까운 시선으로 쳐다보았다.

"그럼 이제 건강한 거야?"

그렇지 않다는 것을 엄마의 표정에서 읽을 수 있었다. 내게서 느껴지는 좋지 않은 기분, 몸에서 나는 이상 신호들이 나를 불안하게 했다.

병원을 자주 드나들던 나, 아니 병원에서 살다시피 한 나는 충격적인 말을 들어야만 했다. 오늘도 나는 병원 신세다. 병실에 아는 이모가 있었다. 나와 똑같은 병명을 가진 건 아니지만 심장이 아픈 아이들이 많다. 엄마는 아이들 소식을 먼저 묻는다. 이모들도 내 안부를 먼저 묻는다.

나는 애써 어른들의 이야기를 거부한다. 분명히 좋은 소식도 있지만 나쁜 소식도 있다. 난 의식적으로 절망을 피하고 싶었나 보다.

그날도 어김없이 요란한 기계 소리, 보호자들의 이야기가 끊이지 않았다. 병원에서는 깊은 잠을 잘 수가 없다. 유난히 잠이 오지 않았다.

나는 자는 척했고, 엄마는 옆 침대 보호자와 얘기를 나누었다. 역시나 내가 알던 형이 하늘나라로 갔고, 아는 동생은 퇴원을 했고, 누군가는 소식이 끊겼다고 한다.

잠시 침묵이 흘렀다.

"그래도 힘내야지, 아홉 살이 고비라는데. 언니, 우민이 몇 살이에요?"

"응, 아홉 살."

"언니, 힘내요. 심장병 아이들이 아홉 살을 넘기기 힘들다는데."

충격이었다. 내 가슴에 수술 자국이 있어도, 운동을 못해도, 몸이 비쩍 말랐어도 살 수 있을 거라고 생각했다. 아주머니 말이 내 가슴에 쾅하고 떨어지더니 못이 되어 박혔다. 의사도 아니고 신도 아니었는데, 왜 그렇게 그 말을 믿었는지 모르겠다.

그날은 내 생애에서 제일 슬픈 날이었다. 시한부 인생이라니, 지금까지 겪은 절망 중에서도 최악의 절망이 밀려왔다.

그날 밤 엄마와 이모는 이야기꽃을 피웠지만, 나는 절망의 씨앗을 품었다. 누구에게도 말하고 싶지 않았고 말할 수도 없는 상태였지만, 그 절망은 한참동안 나를 괴롭혔다. 잠도 오지 않고 계속해서 악몽을 꾸게 되었다.

'과연 나에게 내일이 올까?'

오늘을 내 생의 마지막처럼 즐기라는 말이 있지만, 난 늘 오늘이 내 생애 마지막일 수 있겠구나 하는 걱정이 앞섰다. 그렇게 마음에 짐을 안고 살았다.

하지만 아홉 살 시한부 인생의 공식은 내게 적용되지 않았다. 아홉 살을 무사히 넘겼다. 열 살, 그리고 내게 찾아온 죽음.

"만으로 아홉이었나 봐."

엄마의 말도 안 되는 소리를 들으며 웃을 수 있는 시간이 내게 왔다. 내 별로 돌아갈 뻔했는데 엄마는 나를 끝내 놓지 않았고, 그런 우리에게 하나님은 한 번의 기회를 더 주셨다. 우린 아홉 살 시한부 인생 공식을 깨뜨렸고, 열아홉 살 난 여전히 살아 있다.

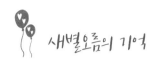

새별오름의 기억

의사 선생님이 말씀하셨다.

"집에 가셔도 좋습니다."

"정말요?"

길다면 길고 짧다면 짧은 시간이었는데, 이제 집으로 간다. 정말 힘든 시간이었다. 갑자기 그렇게 객혈을 하다니, 정말 당황스러웠다.

객혈을 하기 전에 목에서 턱 걸리는 느낌이 든다. 보통 감기와는 다르다. 묵직한 것이 점점 목에 가득 차는 느낌이 들다가 기침과 함께 피가 쏟아진다. 손으로 막아 보지만 내 손을 빨갛게 물들이고 흘러내리면 너무나 무섭다. 그래도 엄마가 있으면 안심이 된다.

이번엔 아주 약하게 4일 입원하고 퇴원하는 중이다. 이제 집에 가서 편히 쉬면 된다. 하지만 그때까지 우리는 몰랐다. 빠른 퇴원이 비극을 가져올 줄은.

우리는 기쁜 마음으로 집을 향해 가고 있었다.

'집에 가면 뭐 할까?'

'일단 잠이나 자야겠다.'

나만큼 엄마도 기쁘신가 보다. 굉장히 기분이 업되어 보였다.

"그렇게 좋아요?"

"당연한 거 아니니? 너도 힘들었겠지만 나도 간호하느라 얼마나 힘들었는데.”

맞는 말씀이다. 그리고 엄마는 평소에는 일도 하고 해야 할 일이 많이 나에게 집중할 수 없으니 병원에서만큼은 오로지 나만 생각하신다고 했다. 정말 그랬다. 엄마는 내 숨소리만 들어도 내가 뭘 원하는지 알 정도다.

그런데 오늘따라 엄마가 많이 피곤해 보였다. 나도 피곤하고 졸렸다. 새별오름을 지나는데 엄마가 이러셨다.

“저기 차 세워 놓고 조금 잘 테니까 10분 후에 깨워 줘.”

“네.”

나도 졸렸지만 같이 잠들면 늦어질 것 같아 이런저런 생각을 하며 새별오름을 바라보았다. 새별오름은 ‘들불축제’를 하는 곳이다. 예전에 축제 때 왔던 기억을 떠올리며 집에 갈 생각에 부풀어 있었다. 그런데 기침이 나왔다. 불안했다. 조심스럽게 손을 폈다. 피였다.

‘뭐야, 이거?’

너무 놀라서 아무 생각도 나지 않았다. 한 번 더 기침이 나왔다. 역시 또 피가 나왔다. 나는 다급하게 엄마를 깨웠다.

“엄마!”

엄마가 깜짝 놀라 눈을 떴다.

“왜 그래?”

엄마는 피를 보더니 당황하여 재빨리 수건을 꺼냈다. 나는 수건에다 피를 토했다. 수건이 빨갛게 되도록 토했다. 그래도 멈추지 않았다. 계속 토하고 또 토했다. 그리고 더 이상 기억이 나지 않는다.

그 후 난 한 살이 되어 나타났다.

"헉!"

"왜 그래?"

우리는 새별오름을 지나가고 있었다. 그때와 같은 곳. 그날 이후 나는 새별오름을 보면 심장이 뛴다. 트라우마다. 정말 두려운 곳이다. 엄마는 두려워하지 말라고 했지만, 나도 그 두려움을 떨쳐 내려고 하지만 쉽지 않다. 내 마지막 장소가 될 수도 있었던 그곳.

하지만 엄마가 멈추지 않고 그냥 집으로 갔다면, 그리고 집에서 피를 토했다면 골든타임을 놓쳐 죽을 수도 있었다. 그렇게 생각하면 새별오름이 고맙게 느껴진다. 또 엄마는 왜 하필 거기서 잠이 들었던 걸까. 이 모든 것은 기적이다.

중환자실을 소개합니다

지금 내가 제일 좋아하는 곳은 내 방이다. 컴퓨터, 노트북, 커다란 모니터, 그리고 책장. 내가 좋아하는 책도 읽고, 글도 쓰고, 영화도 보는 곳이다.

누구에게나 특별한 공간이 있을 텐데, 나에게는 그런 곳이 하나 더 있다. 바로 '중환자실'이다. 중환자실은 삶보다는 죽음에 가까운 사람들이 간다고 생각한다. 그런데 중환자실에서 모두 의식이 없다고 생각하면 곤란하다. 나는 그곳에서 죽음을 맞이할 뻔한 적도 있지만, 베르니르 베르베르의 《웃음》이란 책을 읽으며 엄마와 낄낄거린 적도 있다. 흔한 풍경은 아니다.

물론 그건 그때뿐이고, 중환자실에 들어가면 기억에 남는 것이 거의 없다. 호흡기를 달고 병실 밖은 죽은 것처럼 고요하다. 그럴 때마다 무섭다. 여기서는 죽어서 사람들의 기억에서 잊혀지거나, 살아서 가족들과 행복하게 살거나 둘 중 하나를 선택하게 된다. 후자 쪽이 많았으면 좋겠지만 안타깝게도 전자의 경우가 많고, 그 광경을 본 적이 있다.

그때 책을 읽고 있는데 밖에서 누가 슬프게 우는 소리가 들렸다. 고인의 가족이었는데, 정말 슬프게 울었다. 나는 책을 덮었다. 살아 있는 내가 죄를 지은 느낌이었다. 나는 어떻게든 살아서 엄마에게 아픔을 주고 싶지 않았다.

중환자실은 병원에서도 아주 중요한 곳이기 때문에 의사와 간호사가 항상 대기하고 있고 온갖 장비가 즐비하다. 면회 시간은 환자의 건강을 위해 제한되지만, 나는 너무 어려서 엄마가 항상 곁에 있었다.

내가 중환자실에 있는 동안 엄마도 함께 입원한 느낌이었을 것이다. 그때의 이야기를 듣고 엄마가 많이 힘들었겠다는 생각에 미안한 마음이 들었다. 의사 선생님이나 간호사들도 언제 위독해질지 모르는 중환자를 지켜봐야 하니, 그야말로 극한직업이 아닐 수 없다.

중환자실에서 가장 괴로운 건 누군가 죽어 가는 모습을 바라보고 있어야 한다는 것이다. 그럴 때면 엄마가 조용히 커튼을 치지만 들려오는 소리는 어쩔 수 없다.

내가 객혈을 해서 중환자실에 누워 있을 때였다. 나는 부천세종병원으로 이송을 기다리면서 핸드폰을 보고 있는데 한 아이가 들어왔다. 정말 다급해 보였다. 마치 영화나 드라마에서 본 것 같은 장면이었다.

의사 선생님과 간호사들이 그 아이에게 매달렸다. 아이 부모는 쓰러지려고 했고, 엄마가 간신히 부축해서 의자에 앉게 했다. 그 아이는 결국 세상을 떠났다.

생과 사가 공존하는 곳이 중환자실이다. 이런 일이 있을 때마다 나는 축복받았구나 하는 생각과 함께, 내게도 저런 시간이 오겠지 하는 불안함이 엄습해 왔다.

"또 왔네?"

마치 단골손님 대하듯 모두 아는 체를 한다. 중환자실에서 오래 있다 보면 웬만한 선생님들은 다 알게 된다. 그럴 때면 참 혼란스럽다. 나는 일부러 천장만 쳐다본다.

옆 침대 환자는 호흡기와 온갖 장비를 달고 누워 있다. 그들도 이곳에 들어오기 전까지는 열심히 살아왔을 것이다.

중환자실에 들어갈 땐 절망이지만 나올 땐 희망이다. 삶과 죽음이 함께하는 곳, 절망을 보내고 희망을 맞이하는 곳이 중환자실이다.

열다섯 살 어느 날

'머리가 아파!'

오늘도 이런 생각을 하면서 일어난다. 중환자실에 있으니 아무것도 할 수 있는 게 없다. 삑삑거리는 소리가 무척 걸린다. 다시 한번 눈을 꼭 감고 어지럼증을 이겨 내려 했다.

"힘들어."

병원 천장을 보면 밖에 있는 것처럼 눈이 부시다. 조명이 너무 환해서 방금 깨어난 나는 다시 눈을 감는다. 그렇게 또 힘겨운 하루가 시작된다.

중환자실에서는 다들 조용하다. 사실 일반 병실에 가도 되는데 중환자실로 보내진 나처럼 특수한 케이스가 아니면 다 누워 있다. 나는 책을 읽는다. 세상에, 중환자실에서 책을 읽는 건 나뿐일 거다.

"날씨 참 좋네."

엄마가 나갔다 들어오며 말했다. 그러나 유리 너머로 보이는 것은 주사와 장비, 환자뿐이었다.

나가지 못하는 게 아쉽다. 책을 읽다 보면 시간이 어떻게 가는지 모르겠다. 책을 읽다가 문득 다른 환자들을 보면 나보다 더 많은 기계에 의존해 있거나 아예 미동도 하지 않는다.

예전엔 나도 그랬다. 지금처럼 여유롭게 중환자실에서 노는 건 상상도 못했다. 그때 일이 생각난다. 중환자실, 그것도 간호사와 의사 선생님을 제외한 사람들의 발길이 아예 닿지 않는 그곳. 그곳에서 나는 죽음과 싸우고 있었다. 의식이 거의 없었고, 엄마는 매일 내가 깨어나기를 기도했다. 그 기도가 나를 일으켜 세웠다.

12월 25일. 드디어 내가 움직였다. 기적이라고 했다. 완전히 의식을 되찾은 나는 머리도 짧게 깎고 재활을 시작했다. 의식이 있는데 중환자실에 있는 건 정말 고역이었다. 물론 거기서 나는 책을 읽거나 엄마와 이야기하며 시간을 보냈다. 나는 면역력이 약해서 중환자실에서도 격리방에 따로 있었다. 그래서 바로 앞 환자 외에는 소리로만 느낄 수 있었다.

"어?"

앞에서 우는 소리가 들렸다. 나는 조용히 책을 덮었다. 중환자실에 있는 환자 한 분이 세상을 떠났다.

"엄마, 안 돼! 가지 마, 제발…."

아이를 남겨 둔 채 엄마가 떠났다. 나는 그 아이의 절망감을 느낄 수 있었다. 엄마를 보았다. 엄마는 애써 외면하고 있었다. 내가 죽으면 엄마도 저 아이의 마음과 같겠지. 그때부터 나는 불사조가 되어야겠다는 생각을 했다. 그리고 이렇게 살아 있는 내가 자랑스럽고 감사하다.

나는 응급실에서도 죽음을 경험한 적이 있다. 피를 토해 응급실에 실려 온 나는 중환자실로 가기 위한 준비를 하고 있었다.

그때 한 아이가 들어왔다. 세 살쯤 되는 작은 아이였다. 내 앞 침대로 옮겨졌다. 피투성이였다. 엄마는 조용히 커튼을 닫았다. 부모의 오열 소리, 간호사들이 긴박하게 움직이는 소리. 나는 눈을 감았다. 그렇게 시간이 흘렀고, 나는 중환자실로 옮겨졌다. 그러고 나서 소식을 들었는데 아이는 안타깝게도 하늘나라로 떠났단다.

나는 내 죽음과도 싸워야 했지만 다른 사람의 죽음을 경험하며 죽음의 공포를 느끼기도 했다.

나는 더 이상 객혈을 하지 않아 일반 병실로 옮겨질 예정이다. 중환자실은 대낮처럼 환하지만 애써 잠을 청했다. 오늘도 지루한 하루가 지나가고 내일은 일반 병실로 갈 수 있기를 기대하며 눈을 감았다.

"오늘 일반 병실로 갈 수 있습니다!"

다행이다.

'나를 살려 준 중환자실이여, 이제 안녕.'

그러나 나는 또다시 중환자실에 있다. 그래, 이게 내 삶이라면 받아들이자. 지금껏 잘 살아왔으니 앞으로도 계속 고무처럼 질기게 살자. 살아보자.

나에게 기적이 찾아왔다

초등학교 3학년, 아이들이 학교에 가 있을 시간에 나는 중환자실에서 의식 불명 상태로 누워 있었다. 도대체 어떤 일이 있었던 걸까? 새별오름에서 피를 토하고 병원으로 긴급 이송된 기억밖에는 아무것도 생각나지 않았다.

그때 나는 엄청난 피를 흘렸다. 도착하고 나서도 양동이로 하나 가득 쏟았다고 의사 선생님이 말할 정도였다. 그리고 의식을 잃어 버린 채 몇 달째 이러고 있는 것이다. 엄마는 옆에서 기도를 했다. 내가 깨어나기를 간절히 바라는 기도겠지. 주변 사람들이 엄마를 위로했다.

"아드님이 빨리 낫기를 기원합니다!"

"힘내세요!!"

그것이 엄마에게 위로가 되었을까? 그렇다고 달리 해 줄 수 있는 것도 없었다.

나는 깨어날 기미가 보이지 않았다. 그런 내게 엄마는 책을 읽어 주셨다. 하루빨리 깨어나기를 기원했다.

그때는 매일매일이 절망이었다. 크리스마스가 다가오고 있었으니 올해 마지막을 중환자실에서 보내게 되었다는 뜻이다.

나를 간병해 주는 엄마 외에 찾아오는 이도 없었다. 크리스마스 날, 똑같은 절망적인 하루가 지나가고 있었다. 사실 이때 나는 한 번 죽었었다. 농담이 아니다.

그러나 그날 밤, 기적이 생겼다. 몇 달 만에 내가 깨어났다.

"간호사 선생님!"

내가 손가락을 움직였다.

"이건 기적이에요!"

간호사는 말까지 더듬고 엄마는 감격의 눈물을 흘렸다. 그리고 두 분은 얼싸안고 환호했다. 며칠 후 나의 의식이 돌아왔다. 그런데 말을 할 수가 없었다. 답답했다. 의식을 차려도 차린 게 아니었다. 그나마 손은 움직일 수 있어 무언가를 가리켰다. 그것은 바로 문학전집이었다. 하지만 엄마는 옆에 있는 이상한 기계들을 가리킨 것으로 착각했나 보다.

"이건 안 돼."

나는 답답해서 다시 한번 가리켰지만 엄마는 안 된다고 말렸다. 어쩔 수 없이 눈을 감았다.

난 엄마가 책 읽어 주는 소리를 들었다. 책에서 웃긴 내용이 나오면 같이 웃었다. 이런 사소한 것에도 행복을 느낄 수 있다는 것에서 중환자실의 무게가 느껴졌다.

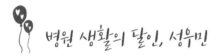

병원 생활의 달인, 성우민

아침에 눈을 뜨는 것이 이렇게 괴로운 일이던가. 오늘도 나는 병원 신세다. 팔에 꽂은 링거와 하얀 커튼. 다시는 보고 싶지 않았는데 이렇게 또 보게 되었다.

내 입원 경력은 정말 화려하다. 셀 수 없이 드나든 병원, 나는 아픈 것에 대해 원망해 본 적은 없다. 그냥 이것이 나라고 생각했다. 하지만 수술을 할 때는 굉장히 무서웠다.

수술실에 들어가 보지 않은 사람은 이 두려움을 짐작하지 못할 것이다. 늘 엄마와 함께 있는 나는 수술실에 들어갈 때는 혼자 간다. 그게 제일 무섭다. 엄마가 없는 수술실. 그것만으로도 난 두렵고 무섭다.

엄마도 나를 수술실에 들여보내면 마치 사형수가 죽음을 맞이하러 가는 것처럼 끝도 보이지 않는 복도가 앞에 나타나고 내가 그 너머에 있는 것 같다고 했다. 엄마도 무섭기는 마찬가지였을 것이다.

수술실에 들어가면 모니터가 있다. 내 심장 박동수, 맥박, 산소포화도를 보여 주는 기계다. 그리고 내가 타고 온 일반 침대에서 수술 침대로 옮겨지는 순간 천국에서 지옥으로 이송되는 느낌이다.

눈을 감는다. 빨리 이 시간이 지나갔으면 좋겠다. 눈을 감으면 들리는 소리, 철커덕거리는 무시무시한 소리는 마치 내 살을 갉아 먹을 것만 같다. 커튼 너머로 느껴지는 분주함. 간호사들이 연신 나를 체크한다. 나는 추워서 떠는 것이 아니라 무서워서 떠는 건데,

"성우민 님, 추우세요?"

나는 말을 할 수가 없다. 간호사는 담요 속으로 따뜻한 바람을 넣어 준다.

"마취제 들어갑니다."

그리고 나는 아무 기억이 없다. 눈을 뜨면 중환자실이다. 수술 후에는 모든 것이 리셋 되는 느낌이다. 수시로 체크하는 엄마는 어떤 의사 선생님보다 나를 잘 알았다. 그리고 척척 해 주니 나는 아픔도 이겨 낼 수 있었다.

병원 생활은 아픈 기억만 있는 것은 아니다. 그리고 나쁜 것만도 아니다. 좋든 싫든 일상에서 벗어나 휴식을 취할 수 있다. 잠도 잘 수 있고, 내가 하고 싶은 것을 할 수 있다.

엄마는 병원에서만큼은 정말 관대하다. 그리고 병원 사람들과도 좋은 추억이 있다. 오래 입원하면 맛있는 것도 나눠 먹고 퍼즐도 하면서 시간을 보낸다. 물론 간혹 민폐를 끼치는 환자도 있다. 그때는 눈을 감고 귀를 막으면 된다.

병원 생활을 오래하면서 느낀 것은 병원도 그렇게 나쁜 곳은 아니다. 나는 그 삶에 적응하고 있었다. 창밖으로 노을이 아름답다.

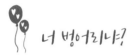

너 벙어리냐?

나는 말이 많은 물병자리. 그러나 이제 더 이상 말을 하지 않는다. 아니 정확히 말하면 말하는 법을 잊어버린 것 같다. 내가 이렇게 된 데는 이유가 있다. 유치원 때 일이다.

"화장실 같이 가자, 형!"

나보다 덩치가 큰 동생, 그 애는 내가 좋았나 보다. 어딜 가든 나를 데리고 다녔다. 그 애는 내가 좋아서 그런다고 하지만, 나는 정말 싫었다. 그리고 덩치가 커서 말을 안 들으면 어떻게 할까 봐 무섭기까지 했다.

나는 그 애를 떼어내고 싶었다. 하지만 그런 상상도 두려웠다.

그 애는 내게 너무 집착했다. 정말 멀리 떠나 버리고 싶었다. 그 애를 때려서 다시는 내 곁에 없게 하고 싶었다. 분노도 점점 커져 갔다.

어느 날 화장실을 같이 안 갔다. 그랬더니 예상대로 나를 괴롭혔다.

"야! 내가 싫어?"

'어, 진짜 싫어. 너 이렇게 하는 거 너는 좋을지 몰라도 나는 아니야. 네가 진짜 지긋지긋해!'

이렇게 말하고 싶었지만 그러지 못했다. 나에 대한 집착은 더 심해졌다.

속이 이상했다. 토할 것 같아 선생님에게 말했다. 소용이 없었다. 엄마에게 말했다. 소용이 없었다. 메아리처럼 돌아온 건,

"너희들 친하다며?"

속이 터지는 것 같았다. 할 말을 잃고 말았다. 그리고 나는 더 이상 말을 하지 않기로 했다.

그때부터 나는 말을 하지 않았다. 엄마에게조차도. 엄마는 갑자기 말을 하지 않는 나를 이상하게 생각했고, 달래기도 하고 윽박지르기도 하고 나를 꼬집기까지 했다. 나는 아팠지만 참았다. 비명도 지르지 않았다. 내가 할 수 있는 유일한 반항은 말을 하지 않는 것이었다.

"정말 답답하다."

엄마도 나에게 상처를 줬다는 사실을 모르나 보다. 나의 마음을 이해해 줘야 할 가족도 내 마음을 몰라주는데 다른 사람은 말할 필요도 없었다. 나는 평생 말하지 않겠다고 다짐하고 또 다짐했다.

엄마와 길을 걷고 있었다. 마음을 닫아 버린 사람과 걷는 것이 여간 고역이 아니었다.

'집에 가고 싶다.'

그때 자전거 하나가 우리 쪽으로 빠르게 달려오고 있었다. 순간 머리 속이 하얘졌다. 자전거 속도가 빨라 죽을 수도 있다는 생각을 하던 차에 누가 나를 잡아챘다. 엄마였다. 엄마와 나, 자전거와 그 아이 모두 넘어졌다. 살았다. 그때 나는 마음을 열었다. 엄마가 괜찮으냐고 물었다.

"네."

엄마는 내 대답에 나를 껴안으며 기뻐했다. 엄마는 모든 것이 진심이라는 게 느껴졌다. 그 이후 나는 엄마와는 얘기했지만 여전히 말을 하지 않았다.

내가 말하지 않자 "너 벙어리냐?" 하고 상처를 주는 친구도 있었다. 과연 내가 이겨 낼 수 있을까?

일곱 살 이후 10년 넘게 함묵증과 싸우고 있지만, 여전히 나는 말을 하지 않는다. 이제 싸워서 이겨 보려 한다.

"우민! 너 요즘 말하는 게 제법 논리적이다, 차분하고."

엄마는 늘 나를 응원해 준다. 그래, 이제 아픈 과거는 지우고 새로운 미래를 향해 나아가자.

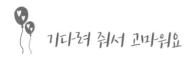# 기다려 줘서 고마워요

'묵묵한 나를 보고 친구들이 이상하게 생각하지 않을까?'

고등학교에 들어가기 전 가장 먼저 했던 생각이다.

나는 유치원 때부터 입이 닫혔다. 누가 시키지도 않았는데 자물쇠로 내 입을 잠가 버렸다. 아무하고도 말하는 게 싫었다. 한번 닫힌 자물쇠는 열릴 생각을 안 했다. 비밀번호가 뭐였는지 기억도 나지 않는다.

나도 안다, 내가 한심하다는 걸. 다른 아이들이 대화를 하는 걸 보면 신기했다.

'저렇게 쉬운 걸 나는 왜 못할까?'

내 자물쇠는 삐걱거렸고, 중학교 때 그 정점을 찍었다. 초등학교 때부터 친한 친구가 있었다. 그 친구는 내가 말을 하기를 원했다. 말 안 하는 것 때문에 나를 원망할 줄 알았는데 그게 아니었다.

그런데 일은 엉뚱한 데서 번졌다. 그 친구와 약간 문제가 있었을 때 내가 말을 안 하니까 다른 애들은 그 애가 나를 괴롭히는 것으로 오해했다. 친구들은 고개를 끄덕이거나 절레절레하라고 했다. 나는 또 바보처럼 그걸 잘 따랐다.

그리고 사건이 터진 그날, 그 친구와 또 불화가 생겼다.

"널 괴롭히는 거 맞지?"

나는 엉겁결에 고개를 끄덕이고 말았다. 아차 싶었지만 이미 늦었다.

친구들은 그 애에게 뭐라고 했고, 그때부터 사이가 틀어져 버렸다.

그 친구는 사소한 일로 시비를 걸기도 하고 나와 멀리하려고 했다. 내가 중학교 1학년 1학기만 다니고 그만둔 것도 그 일의 영향이 컸다. 그 일이 지금도 후회된다.

내 자물쇠가 정말 원망스러웠다.

'대체 나에게 왜 이런 일이 생기는 거야? 심장병에 함묵증까지.'

자물쇠가 열리지 않아 오해도 많았고 따돌림도 당했다. 그런데도 자물쇠는 열릴 생각을 하지 않았다. 이런 나를 주위 사람들도 정말 답답해했다. 엄마도 그랬다.

"나중에 사회생활 할 때 어떻게 하려고 그래?"

사회생활. 나에겐 먼 이야기인 줄만 알았다. 시간이 해결해 주겠지, 이런 단순한 마음으로 살았던 내게 현실은 차가웠다. 엄마는 늘 내 대변인 역할을 했다.

"우민이는 몸이 아파요."

"우민이는 말을 안 해요."

"이해해 주세요."

새 학기가 될 때마다 선생님에게 하는 말이다. 이런 말들을 들을 때마다 내 마음은 저렸다.

어느 날이었다. 엄마가 무턱대고 담임 선생님에게 전화를 걸었다. 학기 초여서 아직 선생님과 그렇게 친하지도 않는데 당황스러웠다.

"우민이가 선생님과 말을 하겠다네요."

엄마는 나에게 전화기를 건넸다. 눈을 질끈 감아 버렸다. 그리고 눈을 떴다.

"여보세요."

이 한마디로 나는 전화 소통을 시작했다.

'내가 이렇게 어려운 걸 해냈지 말입니다!'

속으로 외쳤다. 모두에게 쉬울 수 있지만 나에겐 10년 넘게 극복하지 못한 숙제였다. 엄마는 친구 엄마에게도 전화를 걸었다. 그리고 친구와 말을 했다.

"내일 학교에서도 말해야 한다."

다짐을 하고 전화를 끊었다.

'얘들아, 안녕!'

이렇게 큰 소리로 기선을 제압한 후 아무렇지도 않게 얘들과 이야기하는 것을 기대했다.

하지만 교실에 들어가니 다들 자고 있어 그러지 못했다. 그리고 계획 실행은 실패! 두려움이 앞섰다. 친구 중 한 명이 귓속말이라도 좋으니 얘기해 보라고 했다. 그렇게 시작한 '말하기'가 점점 좋아지고, 친구가 알 아들을 수 있게 목소리도 커져 갔다. 이젠 다른 아이들과도 얘기를 하게 되었다. 그리고 제법 자연스러워졌다.

나를 응원해 주는 친구들, 그리고 엄마!

"기다려 줘서 고마워요."

절대 포기하지 않았다

 그래, 끝까지 가 보자

나는 어려서부터 지구력이 있었다. 오랜 시간 책을 읽는 것도, 좋아하는 것을 포기하지 않는 것도 끈기가 없으면 불가능하다.

어느 날 집에서 쉬고 있는데 정전이 되었다.

'큰일이네. 엄마 올 때까지 뭐 하면서 보내지?'

엄마 침대에 책이 보였다. 나는 책을 읽기 시작했다. 정전이 되었지만 밖에서 빛이 들어와 책을 읽을 수 있었다. 책을 읽고 또 읽었다.

'그래, 끝까지 가 보자.'

계속 책을 읽고 있는데 불이 켜졌다. 고개를 돌려 보니 책이 수북이 쌓여 있었다. 이 많은 책을 내가 다 읽다니, 솔직히 놀랐다.

"이건 기록으로 남겨 둬야 해."

사진을 찍었다. 내 키만큼 되는 것 같았다. 90권? 100권?

어릴 때 색칠놀이를 한 적이 있다. 쉬운 것 같은데 색칠한 것이 자꾸 선 밖으로 삐져 나갔다. 왜 자꾸 삐져 나가는 걸까? 나는 종이를 찢어 버리고 다른 종이를 꺼냈다.

'이번엔 실수하지 말아야지.'

땀이 송골송골 났다. 이 정도에서 포기할 수 없었다. 할머니가 옆에서 부채질을 해 주셨다. 힘이 났다. 나는 삐져 나가면 다시 하고, 또 다시 하고 몇 번이나 반복했다. 할머니도 팔이 아프신지 부채질을 멈췄다.

나도 손목이 아팠다. 그리고 눈물이 났다. 눈물은 닦으면 그만이고 손목은 주무르면 괜찮아진다. 하지만 색칠공부는 삐져 나가는 순간 끝장이다. 그렇게 하루 종일 색칠을 해 마침내 완성했다.

"만세!"

'뭘 그렇게 열심히 하느냐고 의아해하던 사람들, 잘 보셨죠? 제가 이렇게 해냈습니다.'

지금 생각해 보면 무엇이 그렇게 힘들게 했는지 모르지만, 내 유아기는 놀라웠다. 이렇게 끈기 있는 아이가 또 있을까?

지구력 하나만은 자신 있다. 앞으로도 내게 더 많은 시련이 올 수도 있고, 하기 싫어도 해야 할 일들이 많을 것이다. 하지만 '포기할까?' 그런 생각이 들 때마다 나는 오기를 부려서라도 해낼 것이다. 이 오기가 가끔 큰 역할을 한다.

산을 오른다고 생각해 보자. 산은 나의 다리를 마비시킬 것이다. 그리고 내 몸속의 산소를 빼앗아 호흡이 가빠질 것이다. 심장이 빨리 뛰어

죽을 것 같을 것이다. 잠시 호흡을 가다듬고 생각해 보면 해결할 수 있는 길이 있다. 물을 마시든가 속도를 조절하면 된다.

그리고 주변 경치를 구경하면서 가면 좋다. 풍경은 정말 아름답다. 이런 풍경은 나의 심신을 안정시켜 주고 힘을 낼 수 있게 한다.

'다 왔어요' 하는 달콤한 희망 고문이 따르기도 한다. 그렇지만 이런 걸로 나를 막을 수는 없다. 계속 오르다 보면 도착할 것이고, 산은 나에게 항복하겠지. 내가 이겼다.

지금까지 살아온 건 내가 포기하지 않았기 때문이다. 삶을 포기하지 않는 지구력이 나를 살렸다.

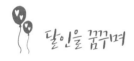

달인을 꿈꾸며

학교에서 돌아온 나는 옷을 갈아입고 컴퓨터를 켰다. 엔진 소리가 들린다. 이제 시작이다.

나는 컴퓨터 달인이다. 스스로 그렇게 믿고 있다. 타자 연습은 정말 천부적인 재능을 보였다. 누구한테도 뒤지지 않을 자신이 있었다. 애국가, 메밀꽃 필 무렵을 진짜 빠른 속도로 쳤다.

'오랜만에 연습 한번 해 볼까?'

한컴 타자 연습을 켰다. 기본 연습은 너무 쉬웠다.

긴 글 연습을 했다. 그래, 이 정도는 해야지. 나는 정말 빠르게 쳤다. 오타도 별로 없었다. 학교에서도 나의 실력을 보여 주었다. 평소 치던 대로 했을 뿐인데 아이들이 몰려왔다.

"와, 진짜 빠르다!"

나는 우쭐해져서 평소보다 더 빠르게 쳤다. 아이들은 놀라워했다. 이렇게 관심을 받아본 적이 없어 약간 부끄러웠지만 정말 기분 좋았다.

내가 병원에 있을 때 한 아이가 '너는 어떻게 그렇게 타자를 빨리 칠 수 있니? 부럽다'는 편지를 보내왔다. 고마웠다. 내가 잘하는 걸 잘한다고 인정받을 때 기분이 좋다. 사실 나는 병원 생활을 하느라 잘할 수 있는 것이 별로 없었다.

초등학교 1학년 때 방과 후 컴퓨터와 바둑을 신청했었다. 바둑은 재미가 없어 바둑판에 엎드려 자기 일쑤였다. 그런데 컴퓨터 시간에는 내가 쓴 글이 화면 가득 채워질 때 마음이 뿌듯했다. 그날부터 컴퓨터 타자 연습을 정말 많이 했고, 친구들이 나를 '컴퓨터 달인'이라고 불렀다.

엑셀로 지금까지 본 영화 리스트를 정리하면서 영화 제목, 날짜, 상영관, 시간, 별점 등을 기록했다. 그리고 파워포인트로 발표 자료를 만들었다. 그때는 이 정도면 달인 소리를 들어도 이상할 게 없었다.

그런데 고등학교에서는 '정보수업'에 컴퓨터를 암호화하고 프로그래밍하고 배워 본 적도 들어본 적도 없는 이야기를 들으니 자괴감이 들었다. 나는 계속 컴퓨터 달인으로 남을 줄 알았는데, 학교생활을 하지 않은 6년의 공백은 어쩔 수가 없었다.

'이제 컴퓨터 달인이란 수식어는 내려놓아야겠다.'

하지만 아직 잘하는 게 많다. 책읽기, 글쓰기, 설거지 등 못하는 것은 못하는 대로 남겨두고 잘하는 것에 집중해서 또 다른 달인이 되면 되는 것이다. 세상에는 잘하는 사람들도 못하는 사람들도 있지만 반복해서 그 분야에 남아 있으면 달인이지. 나는 오늘도 달인을 꿈꾸고 있다.

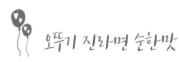

오뚜기 진라면 순한맛

나는 라면을 좋아한다. 그냥 좋아하는 것이 아니라 세상에서 가장 맛있는 음식이 뭐냐고 묻는다면 '라면'이라고 대답할 것이다. 엄마도 내가 라면 좋아하는 걸 이해해 주신다. 오히려 이모들이 걱정을 하는 편이다. 사실 엄마도 라면을 엄청 좋아한다.

내가 라면을 좋아하는 건 엄마 때문인 거 같다. 엄마가 나를 가졌을 때 라면을 많이 먹었다고 한다. 심지어 매일 먹다시피 했다니, 엄마의 라면 사랑도 만만치 않다.

엄마가 식사를 챙겨 주긴 하지만 가끔 안 계실 때 엄마와 나의 대화는 이렇다.

"뭐 먹을까요?"

"라면 먹어."

그런데 엄마 몰래 라면 스프만 먹은 적이 있어 라면 금지령이 내렸었다. 결국 피를 토했는데 그게 라면 스프 때문이라고 엄마는 나를 몰아세웠다. 실은 자주 피를 토했기 때문에 라면 스프 먹어서 그런 거라고 우기는 엄마를 이해할 수가 없다. 오늘도 나는 라면 스프를 먹다가 걸렸다.

"너 때문에 못 살겠다."

"죄송해요."

그래도 나는 그 짠맛이 너무 좋다. 자극적이긴 한데 내 취향인가 보다. 너무 많이 먹어서 탈이 난 적도 있었다.

그리고 의사 선생님의 결정이 떨어졌다.

"라면은 먹지 마세요."

의사 선생님도 내가 라면 스프를 그토록 좋아하는 이유를 모르겠다고 한다. 아마 좌심실이 없어서 혈액이 천천히 흘러 짠 음식이 혈액을 빨리 돌게 할 수도 있어 그런 것 같다고 했다. 하기야 '서맥'이 자주 와서 심장 박동기를 달아야 할 뻔한 적도 있어 그 말씀도 일리가 있다.

하지만 간단하게 먹을 수 있고 맛있어서 바로 끊을 수가 없다. 중독인가? 그래도 이제 라면 스프만 먹는 짓은 하지 않는다.

"의사 선생님 말씀 못 들었어?"

그래서 최대한 참는 것이다.

내가 가장 즐겨먹는 것은 '오뚜기 진라면 순한맛'이다. 다른 것보다 그 라면이 제일 좋다. 엄마도 주로 '오뚜기' 제품을 산다. 이유는 간단하다. 내 수술비를 지원해 준 곳이라서 그렇단다. 우리가 할 수 있는 건 그 회사

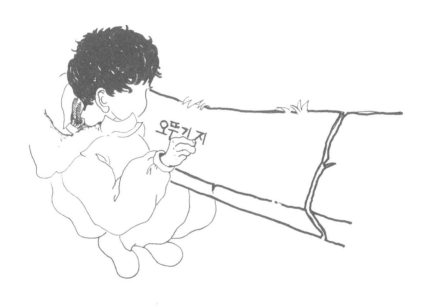

제품을 이용하는 것이란다. 오뚜기 참치, 오뚜기 참기름, 오뚜기 천지다.

그래서 내가 오뚜기처럼 넘어져도 일어서서 살아가나 보다.

난 라면이 참 좋다. 앞으로 어떤 음식을 이만큼 좋아할 수 있을까?

60점짜리 자존심, 100점짜리 자존감

나는 어려서 천재 소리를 많이 들었다. 유치원 때 영재 테스트를 했는데 수학만 빼고 모든 영역에서 영재로 나왔다.

'내가 영재라니, 내가 영재라니!'

어릴 때 책을 많이 읽어서일까? 나는 엄마를 닮아 국어를 잘하고 국어 시험도 항상 상위권에 있었다.

'나는 정말 천재야!'

이 말을 내 입으로 하기에는 좀 재수 없어 보이지만 사실이었다. 6학년 때 그 일이 있기 전까지.

시험을 보는 날이어서 다들 긴장하고 있던 6학년 어느 날,

"나 공부 하나도 안 했는데 어쩌지?"

이런 말을 하는 아이는 꼭 높은 점수를 받는다. 또한 공부 엄청 많이 했다고 자랑하는 아이들은 시험을 못 본다. 나는 그러지 않기 위해 적당히 했다. 국어는 자신 있으니까.

시험이 시작되었다. 첫 교시가 국어 시험이었는데 그동안 쌓아 둔 실력을 발휘했다. 몇 년 만에 학교에 다니는 것이긴 하지만 90점 밑으로 떨어져 본 적이 없었다.

'이번 시험도 그냥 볼까?' 하고 시험지를 받아든 순간. 나는 머릿속이 하얘지는 걸 느꼈다. 1번부터 너무 어려웠다.

'내가 시험지를 잘못 받았나?'

갑자기 불안해졌다. 내가 풀 수 있을까?

그래도 어떻게든 풀었다. 뒤로 갈수록 문제가 어렵진 않았다. 그렇게 40분이 지나고 시험이 끝났다. 종소리와 함께 아이들의 비명 소리가 들려왔다.

"이번 시험 너무 어렵지 않냐?"

"솔직히 이걸 초등학생이 풀라고 한 건 말이 안 된다."

"오늘은 망했다."

이번 시험이 어렵긴 했지만 그렇게 울 정도는 아니었는데, 다들 60점밖에 못 받을 것처럼 말했다. 수학, 과학 시험은 찍는 시간이다. 만일 국어가 없었다면 내 성적은 아주 바닥을 쳤을 것이다. 나의 관심사는 오로지 국어 점수였다.

'오늘은 어려웠으니까 85점 정도 나오겠지.'

성적표는 며칠 후에 나온다고 했다. 두근거렸다. 나는 다른 아이들이 하는 가채점도 일부러 안 했다.

국어 시험이 좀 어려워서 걱정이 되긴 했다. 엄마에게 말씀드렸더니,

넌 잘 봤을 거라고, 못 볼 리가 없다고 해 안심이 되었다.

　종례 시간에 성적표가 나왔다는 선생님 말씀에 아이들은 모두 싫은 소리를 냈다. 나 또한 그랬다. 내 차례가 왔다. 국어는 나중에 보기로 하고, 수학과 과학은 예상대로 점수가 나왔다. 두 과목 다 50점을 넘지 못했다. 나중에 중고등학교에 가서가 걱정이었다. 그래, 국어만 잘 보면 돼. 다들 성적표를 봤는지 여기저기서 우는 소리가 들렸다.

　'과연 내 국어 점수는?'

　점수를 보자마자 나는 혼이 빠져나가는 걸 느꼈다.

　60점.

　90점 밑으로 떨어져 본 적이 없는데 60점? 9를 6으로 잘못 쓴 거 아닐까? 80점을 맞아도 납득할 수가 없고, 60점은 단 한 번도 생각해 본 적이 없었다.

　"선생님, 이거 잘못 쓰신 거 아니에요? 90점인데 60점으로."

　혹시나 하는 마음으로 여쭤 보았다. 선생님은 내 마음을 읽으셨는지,

　"아니야, 몇 번이나 검토했는데 너 60점 맞아."

　설마했는데 사실이었다. 기가 딱 꺾였다. 다른 과목은 몰라도 국어는 반에서 1~2등을 다투던 내가 순식간에 15위로 수직 낙하했다. 자존심이 구겨지고 말았다. 그렇게 센 내 자존심이.

　엄마도 적잖이 충격을 받으신 모양이다. 한참을 생각하던 엄마가 내게 말했다.

　"아무래도 네가 너무 자만했나 보다."

사실이었다. 1번 문제가 좀 어렵기도 했고, 몇 문제는 검토도 하지 않았던 것 같다.

"그래도 다음엔 잘할 거야"

안심이었다. 그래, 공부를 하자. 국어 공부를 많이 하지는 않았지만 자존심에 큰 상처를 입은 나는 죽기 살기로 공부했다. 그리고 다음 시험을 봤다.

90점이 아니었다. 100점, 무려 100점이었다. 찢어진 자존심을 다시 붙인 느낌이었다. 후련했다. 초등학교 3학년 때 받은 수술로 인지능력이 저하되어 그렇게 된 것일 수도 있다고 생각했다.

초등학교 때 받은 점수가 나를 이렇게 혼란스럽게 할 줄 몰랐다. 자존심이란 녀석, 정말 강했다. 반대로 멘탈이란 녀석은 아주 약했지만, 나는 나를 믿는다.

 엄마, 나도 달리기 할래요

초등학교 3학년, 아이들은 운동회 준비로 신나 있었다. 달리기, 축구, 박 터트리기 등 어떤 종목에 참가할지 얘기를 주고받았다.

'부럽다.'

나는 대화에 끼지 못했다. 운동회 날은 응원만 했다. 이때 내 몸은 더 약했었는데, 집에 돌아와 엄마에게 말했다.

"엄마, 나두 달리기 할래요."

그러자 엄마가 깜짝 놀랐다.

"안 돼. 네가 무슨 달리기야?"

당연히 그렇게 대답하실 줄 알았다. 그래도 나는 포기하지 않고 고집을 부렸다.

"엄마, 나도 달리기 하고 싶고 다른 아이들과 함께하고 싶어요."

그러자 엄마는 선생님과 얘기해 보겠다고 했다. 그리고 전화를 걸어 의논했다. 제발 내 마음대로 되길 간절히 기도했다.

"그래, 대신 너는 뛰지 말고 걷기만 해."

달리기에 걷기만 하라니 실망스러웠지만, 그래도 할 수 있다는 게 어디야. 기뻤다. 남은 기간 동안 우린 열심히 연습했다. 물론 나는 그늘에 앉아 아이들이 하는 것을 지켜보는 게 다였지만, 대회 날 달리기를 할 수 있다니 모든 것이 즐거웠다.

운동회 날이 왔다. 나는 아침 일찍 엄마와 함께 집을 나섰다. 엄마는 내 손을 꼭 잡으며 말했다.

"잘할 수 있을 거야."

"물론이죠!"

교실로 올라가면서 나는 잘할 수 있다고 되뇌었다. 친구들이 걱정되었는지 내 옆에 와서 물었다.

"잘할 수 있어?"

물론이지. 다른 친구들에게 피해가 가지 않도록 마음을 다잡았다. 이때까지만 해도 내 앞에 다가올 불행을 알지 못했다.

우리는 밖으로 나갔다. 날씨가 무척 더웠다. 땅바닥에 계란을 깨뜨리면 바로 프라이로 변할지도 모르겠다. 또 우리의 열정이 합쳐져 역대 최고의 온도가 된 것 같았다.

교장 선생님 말씀이 끝나고 운동회가 시작되었다. 설렜다. 달리기는 언제더라? 선생님이 일정표를 나눠 주셨다. 나는 다른 아이들의 경기를 응원했다. 아이들은 모든 것을 건 것처럼 열심이었다. 나도 모르게 뜨거운 기운이 느껴졌다.

마침내 달리기 시간이었다. 우리는 출발선으로 이동했다. 내가 우리 팀을 우승시키는 상상도 했다.

'내가 살살 걷는 척하면서 상대편을 방심시키는 거다. 그리고 엄청난 속도로 순식간에 추월해서 우리 팀을 우승시키는 것!'

상상만 해도 웃음이 나왔다. 그 사이에 달리기가 시작되었다. 나는 엄마와 선생님 말씀대로 천천히 걸었다. 여기저기서 수군거리는 소리가 들렸다. 그때 엄마가 눈에 보였다. 나는 너무 반가워서 달리기 중이라는 걸 잊고 엄마에게 다가가 손을 잡았다. 당황한 엄마는,

"빨리 뛰어!"

나는 엄마의 말에 달리고 달렸다. 그리고 내 뒤를 이어 마지막 친구가 전력 질주했지만 역부족이었다. 결국 우리 반은 꼴찌를 했다.

나를 원망하는 아이들, 나를 옹호해 주는 아이들 사이에서 나는 그저

웃기만 하고 있었다. 뜨거웠던 운동회는 그렇게 끝났다.

"뛰다 말고 나한테 오면 어떡해?"

"거기 엄마가 있으니까요!"

뻔한 대답이었지만, 나름 재치있는 대답이었다. 엄마도 웃었다.
지금 생각하면 참 부끄러웠지만 말이다.

잊지 못할 순간, 수학여행

학창 시절 최고의 순간이 언제였느냐고 묻는다면 당연히 고등학교
1학년 때다. 하지만 초등학교 6학년 수학여행도 잊지 못할 순간이다.
3학년 이후 학교를 다니지 않다가 6학년 때 다시 학교에 갔다. 졸업사진
을 보면 그 기억들이 지금도 생생하다.

'아이들이 나를 기억할까?'

'학교생활에 잘 적응할 수 있을까?'

두려운 마음으로 교실 문을 열었다. 아이들은 끼리끼리 모여 떠들고 있
었다. 나는 순간 투명인간이 된 것 같았다. 아무도 나에게 관심이 없었다.
나는 책상에 엎드려 있다가 선생님 소리에 일어섰다.

'이 선생님은 좋은 분일 것 같다!'

내 판단이 맞았다. 선생님은 끝까지 우리를 믿고 잘 따라오도록 이끌

어 주셨다. 불안한 마음은 여전했으나 친구들도 나를 잘 챙겨 주었다.

"같이 밥 먹으러 가자."

밥을 먹으러 갈 때도, 놀이를 할 때도 나를 끼워 주었다. 그때 아이들은 오목에 빠져 있었는데 구경하는 것만으로도 재미있었다.

"여기 안 막으면 후회할 텐데?"

"좀 봐줄까? 어차피 내가 이길 텐데."

아이들의 심리 싸움도 볼만했다. 친구가 나에게 자리를 양보해 주었다. 나는 집에서 가끔 오목을 두는데 늘 이겼기 때문에 자신만만했다. 아이들을 모두 이겨 놀라는 모습을 보고 싶었다.

그런데 망했다. 연속으로 졌다. 친구들이 봐주려고 했지만 내 자존심이 허락지 않았다. 그때야 엄마와 오목을 둘 때 봐줬다는 것을 알았다. 아이들의 잡담 소리, 칭찬 스티커 모으기, 배스킨라빈스 31게임 등 참 많은 일들이 있었다.

뭐니 뭐니 해도 하이라이트는 수학여행이다. 이번에도 나는 난관에 부딪혔다. 당연히 안 갈 거라고 생각한 엄마와 선생님. 나는 다시 설득을 해야 했고 승낙을 받아냈다. 대신 엄마가 함께 가야 한다고 했다. 엄마는 제주도니까 동행하지 않고 수시로 선생님과 연락을 취하기로 약속했다.

학교 앞에 버스가 대기하고 있었다. 아이들도 나도 뛰어가 버스에 올랐다. 자리에 앉아 숨을 몰아쉬었다. 이대로라면 수학여행은 물 건너간다. 잠깐 뛴 것이 무리였나 보다. 나는 아이들이 떠드는 소리를 들으며 잠이 들었다. 날씨가 무척 좋았다.

'생물종 다양성 연구소'에 도착했다. 다양한 생물들도 내가 아이들과 함께 있는 것도 모두 신기했다. 다음은 에코랜드. 이곳은 전에 와 본 곳이라 흥미롭진 않았는데 친구들과 같이 온 여행은 달랐다. 무척 재미있었다. 또 친구 한 명이 기차를 놓치는 바람에 혼은 났지만 그 덕분에 유쾌한 시간이 지나갔다. 점심시간, 친구들과 먹는 김밥이 맛있기도 하고 너무 소중해서 사진을 찍었다.

마지막 컴퓨터 박물관은 아주 흥미로웠다. 컴퓨터 달인이라는 말을 들을 만큼 나는 컴퓨터를 잘했다. 컴퓨터의 역사를 알고 실제 프로그램 체험을 해 볼 수 있는 정말 뜻깊은 시간이었다.

많은 일정을 소화해 낸 내가 자랑스러웠다. 숙소로 가는 버스 안에서 친구들은 대부분 곯아떨어졌는데 나는 잠이 오지 않았다. 잠에 취해 고개를 흔들면서 자는 친구들을 보니 웃음이 나왔다.

"우와, 경치 끝내준다."

한 친구가 외쳤다. 잠에서 깬 친구들이 감탄사를 쏟아냈다. 정말이지 숙소 경치가 장관이었다. 짐을 풀고 저녁을 먹는데 식사도 감동적이었다.

이제 수학여행의 하이라이트인 장기자랑 시간이 되었다. 노래면 노래, 춤이면 춤, 못하는 게 없는 친구들. 한참을 보고 있는데 갑자기 분위기가 바뀌었다. 밝고 화려한 불빛이 사라지고 어두컴컴한 조명에 분위기 있는 음악이 깔렸다. 재미있게 놀았으니 이제 감동을 받을 시간이었다.

부모님에게 감사 인사를 하는 시간. 나는 심장이 터질 것 같았다. 편지를 쓰라고 하면 좋을 텐데 말을 하라니, 난 '선택적 함묵증'인데 난감했다. 당장 뛰쳐나가고 싶었다. 엄마에게 하고 싶은 이야기는 많지만, 나는 할 수가 없었다.

내 차례가 왔다. 결국 한마디도 하지 못했다. 눈물이 났다. 나는 옆에 있는 친구에게 초를 넘기고 말았다. 그렇게 길고 긴 시간이 지나고 수학여행 일정이 모두 끝났다.

잠자리에 들었을 때 친구가 물었다.

"너 왜 아까 아무 말도 안 했어?"

한심했다. 나는 왜 이 모양인지, 속상했다. 그래도 친구들은 이해해 주었지만 나는 나를 이해할 수가 없다.

갑자기 친구들이 웅성거렸다. 그리고 선생님이 오셨다. 그 뒤에 엄마가 서 계셨다. 결국 나는 수학여행의 마지막 밤을 지내지 못하고 집으로 돌아와야만 했다. 그래도 내 인생 최고의 순간이었다.

학교에서 친구들과 사계절을 보낸다는 것은 정말 멋진 일이었다. 졸업 사진도 찍고 멋진 졸업장도 받을 수 있게 되었다.

그런데 내 생애 최고의 순간은 거기까지였다. 나는 아쉽게도 객혈을 하는 바람에 입원을 해 졸업식에 참석하지 못했다. 그래도 내가 보낸 6학년은 또 다른 말로 표현하면 '시작'이었다.

수행평가가 가져다준 행복

　나는 고등학교에 들어가자마자 글쓰기 대회에서 상을 받았다. 그냥 흘려 쓴 글을 괜찮다고 선생님이 고쳐서 내보라고 했다. 그리고 상을 받았다. 친구들도 내 글이 신선하고 재미있다고 칭찬해 주었다. 그렇게 나는 글 잘 쓰는 친구가 되었다.

　고등학교는 수행평가가 정말 많다. 지금까지 해 보지 않은 것들을 하려니 힘든 것도 있고 재미있는 것도 있었다. 모둠활동을 할 때는 내가 말을 하지 않는 것을 고려해, 나는 글을 쓰거나 또 내가 만든 스토리를 다른 친구가 PPT 작업으로 완성해 나갔다. 이 과정이 꽤 흥미로웠고, 나는 최대한 친구들에게 폐를 끼치지 않으려고 노력했다.

　가장 기억에 남는 수행평가는 뮤지컬을 만드는 것이었다. 나는 시나리오를 쓰겠다고 선수를 쳤다. 아무래도 감독이나 배우보다는 시나리오 작가가 나을 것 같아 얼른 손을 들었다.

　"성우민, 어차피 네가 할 거였어."

　희비가 엇갈리긴 했지만 조원들의 역할이 모두 정해졌다. 이 뮤지컬은 '생활과 과학'의 수행평가여서 과학과 관련된 소재로 해야 했다. 친구들과 토론을 한 결과 '질병'과 관련된 시나리오를 짜기로 했다. 나는 자신이 있었다. 이럴 때 아픈 것이 도움이 되기도 하는구나 하는 묘한 기분이 들었다.

영화 '기생충'에서 모티브를 얻었다. 한 가족을 중심으로 등장인물을 설정했다. 그들은 반지하에 사는 가난한 가족이었는데, 내용을 고치고 또 고쳤다.

우리의 목표는 1등이었다. 탄탄한 스토리만 있으면 안 될 것 없다는 친구들의 말에 조금 긴장되었지만, 우리는 최선을 다하기로 했다.

나는 공책에 감독과 배우들이 말하는 것을 적었다. 그것을 가지고 시나리오를 쓸 계획이었다. 하지만 소재와 역할 분담, 내용 등 다양한 의견이 나오면서 작은 충돌이 있었다.

'이걸 내가 할 수 있을까?'

다행히 화제가 전환되면서 충돌은 사라졌다. 내용이 엇나가는 부분이 있어서 당황스러웠지만 그래도 재밌었다. 나는 시나리오를 써서 감독에게 넘겼다. 만족한 듯했다.

반지하에 사는 가족이 아침을 먹고 있는데 느닷없이 사채업자가 찾아와 그들은 절망에 빠진다. 그러던 중 편지를 받아본 아버지는 쓰러지고 만다. 편지 내용은 맥거핀으로 남아 있다. '맥거핀'이란 이야기에 동기를 부여하고 구체적으로 설명되지 않은 채 자연스럽게 퇴장하는 장치를 말하는데, 내가 이런 류의 이야기를 좋아하기 때문에 다분히 의도한 것이었다.

아버지는 병원에 실려가서 암 판정을 받는다. 그리고 수술을 받게 된다. 그동안 둘째 아들은 깊은 잠에 빠졌다가 일어나 아침으로 돌아간다. 그러니까 연극 초반에 있었던 그때로 돌아간 것이다. 둘째 아들은 계속 되는 데자뷰로 인해 말을 잇지 못하고 연극이 그대로 끝난다.

내가 쓰긴 했지만 내용이 너무 이상해서 이래도 되나 싶었다. 그래도 다른 아이들은 만족한 듯했다. 아이들이 연기를 하면서 동선을 체크하는 동안 시나리오도 조금씩 완성되어 갔다.

이 시나리오 작업을 하면서 내가 할 수 있는 역할이 있어 뿌듯했다. 시간이 날 때마다 친구들과 만나 정말 열심히 연습했다. 이제 실전이 얼마 남지 않았다. 중간에 다른 과제도 했지만 나는 뮤지컬이 가장 좋았다. 과연 내 시나리오와 배우들의 연기가 어떻게 연결될지 궁금했다.

시나리오 작업이 끝나고 나는 오디오까지 맡았다. 대본 사이사이에 음악을 넣는 작업이다. 모든 게 순조로웠다. 일요일까지 학교에 나가 연습했다. 1등은 따 놓은 당상이다.

드디어 날이 밝았다. 긴장되었다. 잘할 수 있을까, 심장이 쫄깃했다. 강당에서 3학년 전체가 보는 앞에서 진행되었다. 우리 차례가 되었다. 배우들이 떨지도 않고 능청스럽게 연기를 잘했다. 오디오 담당인 내가 너무 떨려서 실수를 하긴 했지만, 그래도 얼른 음악을 교체하여 위기를 넘기고 그다음부터는 원만하게 진행되었다.

"1등이다!"

친구들이 얼싸안고 난리가 났다. 기뻤다. 끝나고 나서도 심장이 쿵쾅거렸다. 내가 한 뼘 더 성장한 것 같고, 친구들과 함께해서 정말 행복했다.

나를 일으켜 세우다

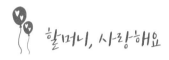

할머니, 사랑해요

정말 오랜만에 할머니 댁에 간다.

할머니에게 전화를 했는데 받지 않으셨다.

"안 받으셔?"

"아마 외출 중이시겠죠."

할머니는 외출할 때 핸드폰을 두고 가신다. 별 걱정은 안 된다. 할머니는 워낙 정정하시다. 삼양은 엄마와 내가 살던 동네다. 지금은 이사를 했지만 그땐 정말 힘들었다.

할머니는 주무시고 계셨다. 그래서 핸드폰 소리를 못 들으셨나 보다. 나는 창문으로 할머니를 불렀다. 최대한 명랑한 목소리로.

"할머니~"

내 목소리 톤이 낮아지면 무슨 일이 있나 하고 걱정하실 것 같아 할머니 앞에서는 늘 큰 소리로 말한다.

"얼른 여기 와서 앉아라!"

할머니는 나를 따뜻한 전기장판이 있는 곳으로 끌어당기신다.

엄마가 차를 세워 놓고 들어왔다.

"나 왔어!"

엄마는 할머니에게 반말을 한다. 엄마는 나에게 존댓말을 쓰게 하고 엄마는 할머니에게 반말을 한다.

"너도 마흔 살 넘으면 나한테 반말해."

그게 끝이다. 그러곤 바로 할머니와 얘기를 나눈다. 나는 다른 방으로 간다. 엄마와 할머니는 무슨 할 말이 많은지 한참 이야기를 나눈다. 나도 커서 엄마와 저렇게 얘기할 수 있을까 하는 생각이 들었다.

집에 돌아갈 때면 할머니는 냉장고에서 이것저것 꺼내 주신다. 엄마는 절대로 마다하지 않는다. 나중에 안 일이지만, 할머니는 주는 것을 좋아하기 때문에 엄마는 그 즐거움을 뺏지 않는 거란다. 그 말이 진짜인지는 의심스럽다.

대문을 나서는데 엄마가 한마디 한다.

"할머니한테 뭐 할 얘기 없어?"

아, 맞다. 할머니한테 사랑한다고 말하고 안아 드리기. 이건 무조건 해야 한다. 좀 쑥스럽지만 엄마의 반강제적 조항이다.

"할머니, 사랑해요."

"그래, 착하다!"

할머니는 나를 꼭 안아 주셨다. 엄마는 한 수 더 떠서 할머니 뺨에 뽀뽀를 한다. 할머니가 내 손에 돈을 쥐어 주신다. 언제나 그랬다. 엄마는 말렸지만 할머니는 완강하다. 할머니는 돈이 아니라 사랑을 주신 것이다.

할머니는 언제나 내 편이었다. 지금은 하늘나라에 계신다. 얼마 전 삼양을 지나칠 일이 있었는데, 할머니 생각이 많이 났다. 내가 대학 가는 것을 보고 싶다고 하셨는데….

"할머니, 저 대학 수시 합격했어요."

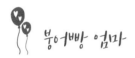

붕어빵 엄마

엄마와 나는 누가 봐도 모자 사이인 걸 알 정도로 닮았다. 엄마는 나와 닮은 점이 많다면서 좋아하신다. 나는 엄마랑 닮은 점이 없다, 절대로.

이상하게 사람들은 우리를 볼 때마다 붕어빵이라고 한다. 처음엔 그 말을 믿지 않았다. 엄마는 사진 찍는 것을 좋아해 오늘도 나와 셀카 놀이에 빠졌다. 나는 싫지만 그냥 엄마에게 맞춰 드린다. 이런 나를 사람들은 착하다고 하지만….

찍은 사진을 보다가 깜짝 놀랐다.

닮. 았. 다.

그때 처음 '시'라는 걸 썼다.

엄마의 눈은 맑고 내 눈도 맑지요

엄마의 코는 오똑하고 내 코도 오똑하지요

엄마의 입술은 붉고 내 입술도 붉지요

키도 같아요

우린 정말 닮았어요

다른 점이 있다면

엄마의 목소리는 높고 내 목소린 낮지요

엄마는 불같고 나는 차가워요.

내 얼굴에 있는 점만 아니었어도 정말 똑같을 텐데.

엄마는 걱정하신다. 엄마의 다혈질 성격을 닮을까 봐. 그래도 내가 엄마의 진심을 이해하니 괜찮다.

긴 투병 생활을 할 수 있었던 것도 오로지 엄마 덕분이다. 엄마는 늘 가슴이 찢어지도록 아팠을 것이다.

엄마도 가끔 싫은 내색을 할 때가 있다. 하지만 꿋꿋이 엄마 일을 하는 것을 보면 대단하다. 나도 나중에 부모가 되면 저렇게 할 수 있을까? 나는 엄마를 닮았으니 가족을 먼저 생각하는 사람이 되겠지.

내 인생의 모든 것, 엄마 인생의 모든 것, 우리는 붕어빵이다. 엄마에게 사랑 고백을 해 본다.

"엄마가 있어 너무 감사해요. 엄마가 없으면 전 아무런 힘을 낼 수가 없어요."

엄마는 눈물을 글썽이며 나를 안아 준다.

요즘에는 내가 엄마를 많이 안아 드린다.

이젠 내가 엄마보다 키도 크고,

엄마 가슴보다 내 가슴이 더 넓고,

무엇보다 엄마의 마음을 알고 있다.

난 영화가 참 좋다

나는 영화를 무척 좋아한다. 일 년에 80여 편을 본다. 어떤 분은 한 편을 100번 본 적도 있다고 하지만, 나는 학교에 다녀와서 영화를 봐야 하니 시간적 제약이 있다. 영화를 좋아해서 이런 일도 있었다.

3월 25일, 개교기념일이었는데 특별한 행사가 있어 학교에 갔다. 그날 친한 친구와 대화를 하다가 영화 이야기가 나왔다.

"이 영화 넌 어땠어?"

"별로였어."

"그래?"

좋아하는 영화 이야기가 나오자 나는 마구 흥분되었다. 요즘 핫한 영화 이야기, 내가 언제부터 영화를 봤는지, 얼마나 봤는지…. 그리고 곧 개봉하는 영화 이야기가 오가고, 같이 보자는 약속을 했다.

정말 기뻤다. 영화를 보는 것도 그랬지만 '같이' 본다는 게 중요했다. 이런 약속은 정말 처음이었다. 나는 영화 시간표도 알아보고 표도 구했다.

그날 저녁에 보기로 했는데 아침부터 들떠있었다. 다만 우리가 보러 갈 영화의 평이 별로였던 것이 유일한 단점이었다. 그래서 친구한테 카톡을 남겼다.

'이 영화 평이 별로던데 괜찮아?'

'안 그래도 좀 유치하다고 하는데 난 직접 보고 평가하려고.'

다행이었다. 친구도 나와 같은 생각을 하고 있었다.

7시 10분, 너무 빨리 왔는지 친구가 보이지 않았다. 긴장되어 화장실에 갔다. 표를 잘 가지고 왔는지 주머니를 살폈다. 있었다.

손을 씻고 밖으로 나왔다. 친구가 밖에서 기다리고 있었다. 방금 씻은 손을 흔들며 인사했다. 표가 잘 있는지 다시 한번 확인했다.

나는 혼자 영화를 볼 때는 팝콘과 콜라를 먹지 않는다. 친구가 사겠다고 했지만 거절했다. 우리는 그냥 보기로 했다.

영화는 그렇게 재미있지는 않았지만 더 이상의 값진 것을 얻었으니 상관없었다. 친구와 헤어지는 게 아쉬웠다. 더 있고 싶었지만 시간이 많이 늦었다.

이런 기적은 7월에 또 생겼다. 다른 친구와 영화를 보러 간 것이다. 기말고사가 끝나 야자도 안 하고 아주 나이스한 상태였다.

"월요일 어때? 이날 시간 비거든."

"나도 좋아."

월요일 4시 30분에 수업이 끝났다. 모두 핸드폰을 들고 신나게 뛰어갔다. 우리는 버스를 타고 영화관으로 이동했다. 상영 시간 10분 전에 도착했다.

영화를 보는데 잔인한 장면이 많이 나와 친구는 영화를 제대로 보지 못했다. 그런 친구를 보면서 후회했다. 다른 영화를 볼 걸 하는 마음에 미안한 생각이 들었다. 나는 장르를 가리지 않고 보는 편인데, 다음엔 영화 선정을 잘해야겠다고 생각했다. 같이 볼 땐 서로 취향을 맞춰 보는 게 가장 중요할 것 같다.

영화가 끝나고 밥을 먹으러 갔다. 좋아하는 부대찌개다. 영화는 친구가 보여 줬으니 밥은 내가 사는 게 예의다.

난 영화가 참 좋다. 영화가 친구와 더 가까워질 수 있는 기회를 주었다. 내 인생에서 영화를 빼놓고 설명할 수는 없을 것 같다. 영화는 친구를 만들어 주었고, 친구는 나에게 기쁨과 성취감을 주었다.

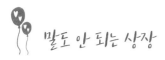 ## 말도 안 되는 상장

"상 받아 왔습니다!"

상을 받아 오면 엄마에게 늘 하는 말이다. 엄마는 그런 나를 기특해했다. 지금은 아니지만 옛날에는 상 수집가였다. 그중 절반은 글쓰기 관련 상이었다. 그래서 작가가 되겠다는 꿈을 갖게 되었을 수도 있다.

"상장 그 많은 게 다 어디로 갔을까?"

"잃어버린 거 같네요."

엄마도 아쉬워했다. 내가 나중에 작가가 되었을 때 나의 멋진 이력이 될 수도 있을 텐데, 다행히 전에 살던 집에서 미처 가져오지 못한 짐 속에서 찾았다. 상장 중에서도 가장 귀한 것은 '영어 말하기 대회 최우수 상'이다.

초등학교 2학년 그때도 내 입은 자물쇠가 걸려 있었는데 말하기 대회라니, 말도 안 된다.

"잘못 받아 온 거 아니니?"

"저도 왠지 그런 거 같…"

엄마는 바로 선생님에게 전화를 걸었다.

"선생님, 아무래도 상을 잘못 타온 것 같은데요."

"왜요?"

"우민이 말도 안 하는데 말하기 대회 상을 받았다는 게 이상해서요."

그런 엄마에게 선생님은 이렇게 말씀하셨다.

"매사에 열심히 참여하고 그 활동에 최선을 다했지만 단지 아픔으로 인해 말을 못하는 건데 기회마저 주지 않는 건 안 된다고 생각합니다. 그래서 입만이라도 뻥끗하라고 내보냈고, 친구들도 그런 우민이를 응원해 주었습니다."

엄마의 눈에 눈물이 고였다. 그리고 거듭 감사하다고 했다.

나에게는 고마운 분들이 참 많다. 그중에서도 선생님은 특별히 고마운 분이다.

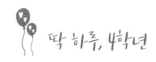

딱 하루, 4학년

이제 어느 정도 일상생활이 가능해지고 있었다. 완벽하게 예전으로 돌아가는 데는 시간이 좀 걸리겠지만, 기저귀를 떼고 혼자서 화장실에 갈 수 있다는 게 정말 좋다. 도움 없이 일상생활을 할 수 있다는 건 정말 기분 좋은 일이다.

엄마는 거실에 있고 나는 방에 누워 있었다. 초인종 소리가 들렸다. 밖에서 깜짝 놀라는 듯한 엄마의 목소리가 들렸다. 담임 선생님이 집을 방문하셨다. 나는 내키지 않았지만 마지못해 나가서 인사를 했다. 그리고 얼른 그 자리를 벗어나고 싶었다.

"친구들이 우민이를 많이 보고 싶어 해요. 우민이가 학교에 나올 수 있을까요?"

이건 무슨 소리람. 친구 소리에 기분이 좋아졌다가 학교 얘기에 한 대 맞은 느낌이었다. 엄마는 내 의사와는 상관없이 그러겠다고 했다. 한숨이 나왔다. 결론적으로 딱 하루만 다녀오면 되고, 일상생활이 가능해지긴 했지만 학교까지 가는 건 정말 내키지 않았다.

선생님이 가시고 나는 방에 들어가 누웠다. 걱정이 되었다. 엄마가 내 방에 들어와서 안아 주며 걱정하지 말라고, 잘할 거라고 했다. 나는 왈칵 눈물이 쏟아지는 걸 참았다.

학교 가는 날, 만반의 준비를 했다. 엄마가 더 떨리는 것 같았다. 몇 번이고 잘할 수 있다고는 했지만 자신이 없었다. 가장 걱정되는 건 수업 시간에 화장실 가고 싶을까 봐, 오랜만에 만나는 친구들 앞에서 말을 못 해 창피라도 당하면 어쩌지? 선생님과 화장실이 급하면 말없이 다녀오는 것으로 약속도 했다. 딱 하루, 그것도 1교시만 하고 오는 수업인데, 엄마와 나는 준비를 하고 또 준비했다.

학교 도착 1분 전, 심장이 떨렸다. 억지로 웃었다. 이럴 때일수록 웃어야 한다며 엄마는 마지막까지 긴장을 풀어 주었다.

학교에 도착하니 오히려 마음이 편했다. 교실 문을 열고 들어서자 친구들과 선생님이 나를 반겨 주었다. 3학년 이후 일 년 만에 나타난 나를 보고 친구들이 반가워하며 내 주변을 빙 둘러쌌다. 그런 환대가 부담스러우면서도 고마웠다. 내 자리는 맨 앞이었다.

국어시간이었다. 수업을 진행하다 말고 선생님이,

"우민아, 교과서 읽어 볼래?"

나보고 교과서를 읽으라니, 머리가 하얘졌다. 말도 안 하는데 교과서를 읽으라니, 이건 약속과 틀렸다. 선생님과 아이들은 할 수 있을 거라고 응원했지만 결국 나는 실패했다. 속상했다. 그냥 앉아 있기만 하면 된다고 했는데.

'괜찮아, 그럴 수도 있지.'

스스로를 위로했다. 밖에 엄마 모습이 보였다. 선생님은 나를 보내며 친구들에게 말했다.

"우민이는 친구들을 보기 위해 잠깐 온 거야. 아직 더 치료를 받아야

하니까 다음에 또 만나자. 그리고 우민이의 건강을 위해 여러분이 기도
해 주세요."

친구들이 내 손을 잡고 아쉬워했다. 눈물이 핑 돌았다. 단 40분 수업
이 전부였지만 가장 따뜻하고 행복한 일 년이었다. 오랜 시간 병원 생활
과 재활에 지쳐 있던 나에게 위로와 희망의 시간이었다.

 ## 위클래스는 희망의 통로였다

중학교 1학년은 비극적이었다. 적응도 못하고 얼마 다니지도 않아 나
는 환상이 와르르 깨져 버린 기분이었다.

"저 학교 안 갈래요."

나는 다시 학교에 다니지 않았다. 그렇게 1학년이 지나고 2학년도 흘
렀다. 이제 3학년, 나에게 시간의 흐름은 의미가 없었다. 병원과 집을 오
가며 사이버학교를 다니는 나는 그 일상을 반복하기만 하면 되었다.

그런데 3학년 첫날 오후, 뜻밖의 전화가 왔다. 3학년 담임 선생님이었
다. 대부분 선생님들은 4월이 되어야 나를 찾는다. 3월은 바쁘니까 나
까지 챙기긴 버겁겠지. 3월 말, 사이버학교 출결 체크를 원격으로 한다.
그제서야 확인차 전화가 오고, 그것도 한번 익숙해지면 나를 찾는 선생
님은 없다. 그런데 중학교 3학년 선생님이 그날 나를 찾았고, 다음 날

우리 집을 방문했다. 엄마는 감격 또 감격했다.

선생님은 위클래스 활동이라도 했으면 좋겠다고 말씀하셨다. 위클래스는 친구 관계나 진로 등의 문제를 해결해 주는 공간이고, 또 교육 프로그램도 있다. 마침 엄마가 그곳에서 프로그램을 맡기로 되어 있었다.

"너도 같이 가자, 친구들도 봐야지."

가기 싫었다. 하지만 엄마가 계시니 용기를 내기로 했다. 난 위클래스에 대한 편견이 있었다. 위클래스는 문제를 일으키는 아이들이 상담을 하러 가는 곳인 줄 알았다.

왜 그런 생각을 했는지 모르지만, 가 보니까 다섯 명이 있었다. 나까지 여섯 명. 다들 1학년 때 본 얼굴들이어서 반갑게 인사했다. 다만 너무 오랜만이라 살짝 어색했다.

엄마의 첫 수업이 진행되었다. 나는 엄마 강의를 처음 들었다. 다육이 만들기, 꽃병 만들기 등 다양한 원예수업을 했다. 처음엔 별로 달가워하지 않던 아이들도 나중엔 정말 집중해서 했다. 신기했다. 그렇게 떠들던 아이들이었는데…. 가끔 엄마 대신 다른 선생님이 오기도 했는데, 엄마 수업이 재미있었다. 엄마니까 그런 것일 수도 있지만.

엄마 수업 말고도 목요일에는 요리 교실에 갔다. 요리 교실은 내가 신청했다. 요리를 배우고 내가 만든 요리를 먹을 수 있어 재미있을 것 같았다. 거기서 쿠키, 젤리, 피자, 떡볶이 만드는 걸 배웠다. 그런데 집에서 떡볶이를 만들다 보기 좋게 실패했다.

"요리 해 준다며?"

엄마가 살짝 미소를 지으며 말했다.

입방정! 왜 그런 말을 했는지 후회했다.

여느 때처럼 열심히 수업을 듣고 있는데 누군가 들어왔다.

"안녕하세요!"

담임 선생님이었다. 선생님은 내가 학교에 오는 날 잊지 않고 찾아와 주셨다. 다른 친구들이 놀라서 물었다.

"선생님, 여기 왜 오셨어요?"

"너 보러 온 거 아니야."

그러면서 나에게 다가와 잘 지내고 있냐, 위클래스 생활은 어떠냐, 가끔 학교가 그립지 않냐, 이것저것 질문을 많이 하셨다. 나는 다 좋다고 했다. 선생님이 가시고 문득 이런 생각이 들었다.

'선생님이 이렇게 좋아하시는데 지금이라도 학교에 갈까?'

이 생각은 고이 접어 두었다. 그냥 위클래스 생활에 집중하기로 했다.

12월, 위클래스에서 단체로 영화를 보러 가기로 했는데, 모인 아이들 숫자를 보고 깜짝 놀랐다. 위클래스는 정말 좋은 곳이다. 좋은 상담, 좋은 교육, 좋은 친구들. 나는 많은 걸 느꼈다. 그렇게 중학교 3학년이 끝났다.

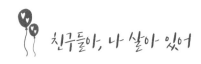
친구들아, 나 살아 있어

중학교 시절은 추억이 없다. 학교 대신 병원을 많이 다녔기 때문이다. 그사이에도 객혈을 했다. 정말 지긋지긋했다.

하지만 고등학교는 달랐다. 나는 끝까지 포기하지 않고 다니고 싶었다. 고등학교 일 년을 잘 보내기 위해 2월에 먼저 부천세종병원에 다녀왔다. 모든 검사를 했는데 결과는 생각보다 좀 더 심각한 상태였다. 그런 다음 일주일 정도 지나서 다시 입원을 하는 바람에 긴장감은 최고조였다.

마침내 3월 2일, 나는 서귀포고등학교 정문으로 들어가고 있었다. 떨리는 마음으로 교실로 들어섰다. 아는 얼굴이 보여 다행이었다. 입학식이 끝나고 담임 선생님과 만나는 시간을 가졌다. 그리고 집에 가면서 고등학교 1학년을 잘 보낼 수 있을까, 걱정 반 기대 반이었다.

하지만 친구도 많이 생겼고, 선생님들과도 유대감이 많이 형성되었다. 물론 가끔 아파서 조퇴하고 병원에 들렀다 가기도 했지만, 사소한 일이었다. 체육대회도 하고 체험학습도 가는 등 열심히 학교생활을 했다.

5월에 학교에서 의료원으로 건강 검진을 받으러 갔다. 모든 결과를 종합해 본 결과 내 건강 상태는 썩 좋지 않았다. 오히려 문제가 조금 있는 것으로 나와 건강관리에 더 신경을 쓰기로 했다.

그러던 7월 어느 날 문제가 생겼다.

콜록콜록!

피였다. 한 번씩 찾아오는 그것. 이젠 익숙하다고 생각했는데 그게 아니었나 보다. 게다가 엄마는 강의 중이어서 전화를 받지 않았다.

나는 친한 이모에게 전화를 걸었다. 그 와중에도 계속 피를 토해 세면대 밖까지 튀어 버렸다. 잠시 뒤 119 구급대가 와서 나를 데려갔다. 피는 멈춘 듯했다. 그날은 일요일이었다.

'왜 나에게 이런 시련이 자꾸만…'

힘들었다. 이제는 학교생활도 성실히 하고 열심히 사는데, 이런 고통이 나를 방해하는 것이 정말 싫었다. 월요일이 되었지만 학교에 가지 못했다. 쓸쓸했다.

계속 문자가 왔다. 같은 반 친구들의 문자였다.

'빨리 나아서 학교에서 보자.'

'아프지 마!'

'빨리 돌아와!'

'기다리고 있을게.'

'너 꾀병이지?'

마지막 문자가 나를 웃겼다. 그냥 메시지도 아니고 아이들이 종이에다 글을 써서 한 명씩 응원 메시지를 들고 찍은 사진이었다.

"네 친구들 대단하다!"

엄마도 감탄했고, 나는 내색하지 않았지만 속으로 정말 좋았다.

퇴원을 했다. 하지만 학교에 간 날 또다시 객혈을 하고 말았다. 그것도 교실에서. 머릿속이 하얘졌다. 다행히 친구들과 선생님이 재빨리 대처해 위기를 모면할 수는 있었다.

선생님은 친구들에게 내가 많이 아픈 것에 대해 말했으니 괜찮을 거라고 안심시켜 주었다. 그래도 걱정되었다. 나는 흔한 일이지만 다른 친구들은 처음 아닌가.

"선생님, 감사합니다."

"괜찮습니다. 너무 걱정하지 마세요."

엄마가 왔고, 선생님과 잠깐 이야기를 나눈 다음 돌아가셨다. 그래도 이번에는 학교에서 터진 거여서 다행이다. 지난번처럼 집에서 터졌으면 정말 난감했을 것이다.

"너를 생각해 주는 사람들이 이렇게 많아."

"그러게요."

"이렇게 너를 아껴 주는 사람들이 많으니 너도 더 열심히 살아야 돼, 아프지 말고."

"네, 걱정하지 마세요!"

나는 저번보다 빠른 속도로 퇴원을 하고 기말고사도 보았지만 안 보는 게 나을 뻔했다. 성적이 처참했다. 그래도 시험을 볼 수 있어 감사했다.

두 번의 객혈로 상황이 안 좋은 걸 직감하고 부천으로 올라가게 되었다. 난 시술이 싫지만 이번에는 정말 어쩔 수가 없었다. 시술이지만 수술만큼이나 오래 걸렸다.

선생님은 친구들에게 1학기가 끝날 때까지 내가 오지 못할 거라고 말씀하셨다. 아이들은 궁금해했다. 그리고 아쉬워했다. 친구들은 내게 시술 잘 받고 오라고 응원해 주었다. 나는 힘이 났다.

"친구들아, 나 살아 있어."

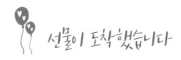
선물이 도착했습니다

고등학교 여름방학 보충시간도 지나고 2학기가 되었다.

"야, 수학여행 간대."

친구들의 들뜬 목소리가 들려왔다. 얼마 전 나는 학교에서 객혈을 두 번이나 했기 때문에 갈 수가 없었다. 절망적이었다. 엄마는 언제나 내가 안 가는 것에 동의했는데, 이번엔 먼저 나섰다. 담임 선생님과 의논하고, 급기야 교장 선생님을 만났다.

"어머니가 동행하시면 허락하겠습니다."

나는 엄마와 같이 수학여행을 갈 수 있었다. 첫날은 무사히, 그러나 둘째 날은 컨디션이 좋지 않아 친구들 대신 엄마와 함께 지냈다. 다행히 마지막 날은 친구들과 함께할 수 있었다.

시간은 정말 빠르다. 어느새 2학기 기말고사가 끝나 있었다. 이제 노는 날만 남았는데 나는 또다시 입원을 했다. 열이 났다. 그리고 퇴원과 입원을 반복했지만 최악이었다. 결국 이번에도 방학식을 건너뛰어야 했다.

병원 생활에 익숙한 나는 그럭저럭 시간을 보내고 있었다.

'선물이 도착했습니다.'

친구들의 방문이었다. 친한 친구 몇 명이 찾아왔다.

"얘들아, 고마워."

우리는 사진을 찍어 단체 톡방에 올렸다. 친구들이 빨리 나으라고 응원해 주었다. 선생님은 이런 우리 모습이 보기 좋다는 메시지를 남기셨다.

그렇게 잊지 못할 1학년이 끝났다. 처음 입학하는 날, 나는 교복을 입은 채 학교에 가지 않겠다고 고집을 부려 엄마를 속상하게 했는데, 이제 2학년 시작이다. 그리고 일주일 후, 다시 한번 병원에 출근(?)하게 되었다.

1학년 때 객혈을 두 번 하고 나서 정말검사를 해 봐야겠다는 의사 선생님 말씀대로 부천에 가서 검사를 받기로 했다. 조형술로 살펴보니 내 혈관이 많이 부풀어 있어 5시간에 걸친 시술을 했다.

"이젠 된 것 같은데."

엄마는 초등학교 3학년 때 나를 하늘나라로 보내자고 결정한 후 의사 선생님이 "다시 해 봅시다" 하던 그때가 떠올랐다고 한다. 그 말 속에서 희망을 보았는데, 이번에도 같은 느낌이었다고 한다. 더 이상 객혈을 하지 않을 것 같은 생각이 들었다는 것이다. 아닌 게 아니라 그 후 나는 객혈을 하지 않았다. 정말 감사한 일이다.

'자녀를 위한 기도'를 작정하고 새벽 기도를 다닌 엄마는 기도 제목에 '객혈하지 않게 해 주세요'라고 적었다고 한다. 엄마는 하나님이 기도를 들어주셨다고 기뻐했다.

이제 많이 건강해진 나는 대학 진학을 앞두고 있다. 고등학교 생활을 할 수 있었던 건 나에게 선물 같은 존재인 선생님과 친구들 덕분이다. 나는 언제나 '아픔' 앞에 놓여 있지만 두렵지는 않다.

'미리 걱정하지 말고 아플 때만 아프자.'

엄마와 나는 이렇게 하루를 살아간다. 그렇게 생각하는 것이 우리가 아픔을 이겨 내는 방법이다.

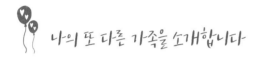

나의 또 다른 가족을 소개합니다

엄마의 권유로 미술을 배우게 되었다. 이유는 간단하다. 오랜 시간 병원 생활을 하다가 애기가 되어 돌아온 나는 처음부터 다시 시작해야 했다. 언어 치료도 다니고, 책도 열심히 읽었다.

그런데 소근육 발달에도 좋고 정교하게 뭔가를 해야 할 때는 손이 잘 움직이지 않아 시작한 미술은 2년 정도 배우다가 그만두었다. 미술이 나랑 안 맞았다. 하지만 미술은 나에게 또 하나의 가족을 선물해 주었다.

엄마와 미술 선생님은 학교 선후배여서 무척 친했다. 그러다 보니 자연스럽게 미술 선생님 가족들과 만나는 시간이 많아졌다. 나는 미술 선생님에게 마음을 열기로 했다.

미술 선생님은 아들이 셋인데, 한 명은 동생이고 두 명은 형이다. 큰형은 나를 정말 동생처럼 잘 챙겨 주었다. 공부는 잘하고 있는지, 학교

생활은 어떤지, 만날 때마다 나에게 말을 걸었다. 형도 나의 고등학교 선배였다. 형은 공부를 잘해서 서울시립대 수학과에 다닌다. 나는 수학이라면 정말 싫은데, 형은 대단한 것 같다.

둘째 형은 축구를 정말 잘한다. 그리고 그림도 잘 그린다. 엄마는 그 형을 더 좋아하는 것 같은데, 얼굴도 엄청 잘생겼다. 형은 큰형처럼 나에게 말을 하지는 않지만 늘 웃는 모습이다.

동생은 아직 잘 모르겠다. 다리가 엄청 길어서 엄마는 동생을 '9등신'이라고 놀린다. 엄마는 정말 장난꾸러기다.

아저씨는 엄마가 안 계실 때 내가 객혈을 하자 제일 먼저 달려와 나를 살려 준 은인이시다.

미술 선생님과 엄마는 교회에 다닌다. 함께 기도하고 함께 식사하고 함께 고민도 나누는 정말 좋은 가족이다. 그런데 내 그림 실력은 전혀 늘지 않았다. 예상했지만 진짜 이런 결과가 나오니까 아쉬웠다.

나는 '똥손'이다. 그림 잘 그리는 친구들을 보면 정말 부럽다. 사람들은 각기 다른 재능을 가지고 있기 때문에 내가 그림을 못 그리는 것에 전혀 주눅들 필요가 없다고 생각하지만, 그래도 속상하다.

그런데 엄마는 그림을 아주 잘 그리신다.

"저는 미술을 잘 못하는데 엄마는 잘하시잖아요. 부러워요."

엄마에 대한 칭찬을 마구 쏟아냈더니, 엄마는 한참 생각하며 적절한 대답을 찾으시는 것 같았다.

"누구나 장점을 가지고 있는데 그게 다를 뿐이야. 너는 피아노를 잘

치고 글을 잘 쓰잖아. 나는 반대로 그런 것들을 잘 못해. 자기 단점에 너무 신경 쓰지 마.”

누구나 잘하는 것이 있다. 그러니까 신경 쓰지 말자. 그렇게 생각하니 마음이 훨씬 편했다. 미술은 소근육 발달을 위해서 한 거니까 스트레스 받으면서 하는 건 옳지 않았다. 하지만 내겐 새로운 가족이 생겼다.

미술이 가져다준 행운이랄까.

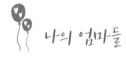

나의 엄마들

나에게는 엄마 말고 두 명의 엄마가 더 있다. 이건 또 무슨 소리?

엄마는 워킹맘이다. 나는 홈스쿨링을 한다. 엄마가 안 계시는 동안 나를 케어해 줄 사람이 필요했다. 그렇다고 보육을 하는 건 아니다. 다만 교육을 받는 그 시간만큼 내가 보호받을 수 있다고 판단한 것이다.

피아노 엄마는 무섭다.

‘피아노 앞에 앉아 피아노를 잘 닦고 악보를 연다. 건반 위의 손이 현란하게 움직인다. 내 피아노 실력은 정말 최고다.’

이건 상상에 불과하다. 몇 년을 배웠지만 초보 중의 왕초보다. 물론 실력은 조금씩 늘고 있지만.

개인 레슨을 받기로 한 건 정말 잘한 것 같다. 그런데 집에서 받는 레슨은 좋은 점도 있지만 나쁜 점도 있다. 연습 안 했다고 선생님한테 혼날 때 엄마가 옆에서 듣고 계신다. 그리고 피아노에 대한 감정 기복이 심했다. 정말 좋았다가 너무나 싫었다를 반복했다.

"엄마는 열심히 일하는데 그렇게 연습 안 하려면 피아노 그만둬."

이건 엄마의 말이 아니다. 피아노 선생님 말이다. 엄마는 옆에서 웃는다. 그렇게 나는 피아노 선생님과 오랜 시간 함께했다.

또 다른 엄마는 독서 선생님이다. 다 큰 녀석이 책 읽어 주는 선생님과 함께한다는 게 말이 안 되지만, 내 친구 엄마인 독서 선생님은 나의 또 다른 엄마다. 다른 학원은 가기 싫지만 이 시간만큼은 정말 좋다. 내가 말을 안 들으면 엄마는 '독서' 끊는다며 협박할 정도로 내가 좋아하는 시간이다.

선생님은 내 얘기를 잘 들어주신다. 책을 읽고 나누는 대화도 좋지만 내 얘기를 하는 시간이 좋다. 친구 이야기, 가족 이야기를 할 수 있는 시간. 나는 학교를 다니는 것도 학원을 다니는 것도 아니기 때문에 친구가 없다. 유일하게 내 이야기를 하는 것은 엄마지만, 엄마는 야단을 치기 때문에 오로지 내 말에 귀를 기울여 주는 분이 선생님이다.

그렇게 엄마의 빈자리를 채워 준 선생님들은 나의 또 다른 엄마다. 한 아이를 키우려면 온 마을이 필요하다는 아프리카 속담처럼 나를 키워 준 분들이다. 독서와 피아노도 나에겐 좋은 친구다. 내가 살아가는 동안 정말 많은 분들의 축복과 사랑을 받겠지만, 나도 어른이 되면 그렇게 멋진 부모 역할을 해야겠다는 생각이다.

새로운 시작

 축구가 이렇게 재밌다니!

새벽 6시. 간신히 일어났다. 러시아 월드컵 경기를 보기 위해서다. 대한민국의 첫 경기. TV를 켰다. 경기가 시작되고 있었다.

나는 한순간도 놓치지 않기 위해 경기에 집중했다. 전반전, 아쉬운 기회를 몇 번 놓치고 0 : 0으로 끝났다. 후반전이 시작되기까지 시간이 남아 있어 잠깐 눈을 붙이기로 했다.

"저 좀 깨워 주세요."

후반전이 시작되자 엄마가 나를 깨웠다. 경기는 더 치열해지고 재미있었다.

"골이다!"

하지만 이 기쁨은 얼마 가지 못했다. 그 순간 상대편에게 골을 먹히고 말았다. 이럴 수가! 한 골만 더 넣어 주길 바랐지만 1 : 1로 비겼다. 정말 아쉬웠다. 나는 축구를 정말 좋아한다.

2012년 축구라는 스포츠를 알고 있으면서도 별 관심이 없었다. 그래서 축구를 보러 가자는 말에 시큰둥했지만, 축구장에 도착하니 이상하게 설레기 시작했다. 사람들이 열심히 응원하는 걸 보니 나도 덩달아 기분이 좋아졌다. 시큰둥했던 마음이 돌아섰다.

경기가 시작되었다. 골키퍼를 제외한 20명의 선수가 경기장을 뛰어다녔다. 90분 동안.

그날따라 골까지 많이 터졌다. 경기가 끝나고 집에 가면서 마치 신세계를 목격한 것마냥 들떠 있었다. 그 후 나는 축구에 관심을 갖게 되었고, TV 중계로 경기를 빼놓지 않고 봤다. 어느 팀이든 축구를 한다고 하면 무조건 봤다. 그리고 기록했다. 의미 있게 축구를 보고 싶었다.

축구에 더 관심을 갖기 위해 유럽 축구도 보게 되었다. 대표팀 경기를 제외하면 국내보다 해외 축구에 더 관심을 갖고 있는 사람들이 많았다. 나도 우연히 '맨체스터 시티' 경기를 보게 되었다. 잉글랜드 프리미어 리그 팀으로 우승 기록이 많은 명문 구단이다.

'해외 축구가 이렇게 재밌다니!'

그 팀의 경기를 보면서 반해 버렸다. 그리고 난 '맨시티'의 팬임을 선언했다.

지금 나는 무엇인가를 쓰고 있다. '축구 예상 시나리오'다. 축구가 시작되기 전 우리 팀의 라인업과 상대 팀의 라인업을 임의로 정한 후 90분간의 축구 경기 내용을 예측해서 써 보는 것이다.

지금 보니까 내용이 정말 가관이다. 오프사이드 같은 룰도 그렇고, 코너킥이나 프리킥 등 제대로 구현된 것이 없었다. 없애 버리고 싶지만 엄마는 나의 기록들을 다 모아 놓기 때문에 엄마가 알고 있는 이 시나리오를 없앨 수가 없다. 그리고 나도 어린 마음으로 쓴 순수한 글이니 넘어가기로 했다.

축구는 나에게 활력을 준다. 학교에서 아이들과 축구를 하기도 하는데 공을 주고받는 수준이지만 함께한다는 것이 기쁘다. 가끔 내가 빠지면 축구하는 속도가 빨라진다. 그런 모습을 보는 것도 좋다.

축구와 관련된 직업도 다양하다. 그중에 내가 잘할 수 있는 것도 있겠지. 집 근처에 월드컵 경기장과 영화관이 있다. 내가 좋아하는 것들이 바로 옆에 있으니 내 꿈으로 다가가는 길은 지름길이다.

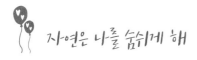

자연은 나를 숨쉬게 해

내가 제주에 온 건 여섯 살 무렵 겨울이다. 제주로 가면 내가 죽을 수도 있다는 말에 우린 부산을 떠나지 못하고 있었다. 나처럼 복잡심장기형을 봐줄 병원도, 의사 선생님도 아직은 없다는 것이다. 제주가 고향인 엄마는 제주가 싫어서 떠나왔는데, 이젠 제주로 가고 싶다고 했다.

"우민 엄마, 제주로 갈래요?"

의사 선생님이 하신 말씀이다. 그렇게 우린 제주로 왔다. 엄마는 생계를 책임져야 하기 때문에 일을 해야 했고, 시간이 날 때마다 나를 자연 속으로 밀어넣었다.

"우민아, 산굼부리 가자!"

"거기가 어딘데요?"

나는 싫었다. 움직이는 것이 귀찮았다. 하지만 엄마는 무조건이다. 가야 한다. 가지 않으면 후폭풍이 두렵다. 나는 울며 겨자 먹기로 따라나섰다. 운동을 따로 할 수 없으니 이럴 때 운동을 하라는 것이다.

엄마는 때로는 강압적이고 때로는 무진장 약하다. 나도 고집이 만만치 않기 때문에 다시 돌아가야 할 상황을 만들기 싫으셨는지 나를 어르고 달랜다.

산굼부리 가는 동안 나는 뚱하니 앉아 있었다. 쓰러지지 않을까 하는 걱정도 있었다. 나는 눈사람처럼 옷을 껴입었다. 덥고 불편했다. 엄마 몰래 목도리를 풀었다. 시원했다. 엄마는 감기 걸린다며 걱정했다. 너무 과잉보호하는 거 아니냐며 괜찮다고 대답했다.

산굼부리는 억새가 많기로 유명하다. 들판 가득 펼쳐진 억새를 보니 기분이 상쾌했다. 알 수 없는 힘이 솟았다. 나는 마구 뛰었다. 그리고 정상에 올랐다. 마치 하늘까지 닿은 듯 펼쳐진 억새밭은 정말 아름다웠다.

엄마는 김밥을 꺼냈다. 그사이 조랑말처럼 뛰어다니는 나를 보고 엄마는 함박웃음을 터뜨렸다. 나는 땅바닥에 누워 하늘을 쳐다보았다. 마음이 마구 떨렸다.

"우민아, 왜 그래?"

엄마가 달려오셨다. 자연이 좋아 누워 있었을 뿐인데 엄마는 내가 쓰러진 줄 아셨나 보다. 엄마의 손길이 느껴졌다. 데굴데굴 굴렀다. 그리고 외쳤다.

"엄마, 자연은 나를 숨쉬게 해요!"

내 뜻밖의 행동에 다른 사람들의 주목을 받았지만, 자연이 내게 말을 걸어왔다. 그래서일까, 여섯 살부터 살게 된 제주는 한 번도 나를 실망시킨 적이 없다. 물론 나는 육지에 있는 병원에 며칠씩 다녀오기는 하지만, 제주에서 맘껏 숨쉬며 살고 있는 지금이 정말 좋다.

패대기 인형

나는 인형을 좋아한다. 인형은 귀엽고 안정감을 준다. 어릴 때는 엄마가 늦게 올 때 안고 잤다. 지금까지 서른 개도 넘게 샀는데, 그때마다 그만 사라고 하시지만 엄마도 인형을 좋아한다. 엄마는 베개로 쓰거나 안고 주무신다.

다른 친구들은 총싸움이나 다른 게임을 할 때 나는 인형 색칠하기, 인형 옷 입히기 놀이를 했다. 그 시절 인형은 나에게 어떤 존재였을까? 아마도 친구였을 것이다.

인형을 정말 아끼지만 가끔 화가 나면 인형에게 화풀이를 한 적이 있다. 인형을 집어던지면 살짝 미안하면서도 약간 후련한 느낌이 들었다.

"무슨 인형을 그렇게 패대기치냐?"

그날부터 인형은 '패대기'가 되었다. 이상하게 그 이름이 마음에 들었다. 패대기는 내가 처음 돈을 주고 산 인형이다. 패대기는 팔다리가 길쭉하다. 늘 껴안고 자고 패대기와 상황극을 하며 놀기도 했다.

"인형 좀 정리하자."

어느 날 엄마가 인형을 정리하자고 했을 때 예전 같으면 펄쩍 뛰었을 텐데, 지금은 그렇지 않다.

커가면서 인형에 대한 애정이 조금 식은 것 같다. 그동안 내게 좋은 추억을 만들어 주었지만, 이제 놓아줄 때가 된 것이다.

그래도 지금 내 침대에는 인형이 몇 개 있다. 안고 자는 것은 아니지만 여전히 나에게 안정감을 준다.

패대기도 여전히 내 곁에 있다. 그리고 화나는 일이 있으면 언제나 패대기를 찾게 된다.

가끔 인형들을 갖고 놀던 기억이 떠오른다. 인형은 나의 소중한 친구였다. 고등학교 수학여행 때도 인형을 사가지고 왔을 정도다.

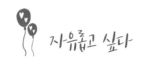
자유롭고 싶다

   연말이 가까워지면 나는 설레기 시작한다. 나이를 한 살 더 먹는 것은 걱정되지만, 그래도 아직은 좋다.

   떡국을 먹으면 나이를 한 살 더 먹는다고 해 세 그릇이나 먹었다. 엄마가 왜 그렇게 많이 먹느냐고 물어보면 이렇게 대답했다.

   "저는 세 살 더 먹고 싶거든요!"

   "뭐라고?"

   그럴 리가 없다지만, 다시 시작한 내 인생이 빨리 제자리를 찾았으면 좋겠다는 생각이 간절했다.

   하지만 엄마는 떡국을 드시지 않았으면 좋겠다. 엄마가 나이를 먹는 게 싫다. 항상 내 곁에서 나를 지켜 주었으면 좋겠다.

   12월 31일이 되면 새해 전날이라는 묘한 기분이 나를 설레게 한다. 나는 밤을 새울 준비를 한다. 제야의 종소리를 들으며 소원을 빌고 싶다. 우리는 '송구영신' 예배를 드리며 새해를 맞는다.

   '우리 가족 평안하게 해 주시고, 제 몸이 건강해졌으면 좋겠어요.'

   해가 바뀌어도 내 기도는 바뀌지 않는다. 내게 가장 중요한 소원이기 때문이다.

   새해 첫날은 엄마 생일이다. 지금은 엄마에게 해 드릴 게 없지만, 좀 더 크면 잘 챙겨 드릴 거라고 다짐하며 엄마에게 마음이 담긴 편지를 썼다. 그때마다 엄마는 항상 감동하신다.

"정말 고마워."

새해 첫날 사람들은 한 해 계획을 세운다. 하고 싶은 것, 갖고 싶은 것, 가고 싶은 곳 등 해야 할 것에 대한 계획이다. 하지만 이 계획은 시간이 지나면 흐지부지해진다. 작심삼일이다.

나는 계획을 세우지 않는다. 계획을 세운다는 것은 나하고 맞지 않는다. 나는 자유롭고 싶다. 시간에도 자유롭고, 내 환경에도 자유롭고, 내 병으로부터도 자유롭고 싶다.

그 대신 무조건 건강해지겠다는 각오를 한다. 그것이 내가 할 수 있는 효도라고 생각하기 때문이다. 내가 떡국을 세 그릇이나 먹는 이유이기도 하다.

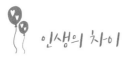 인생의 차이

모든 이들의 인생에는 차이가 있다. 평탄하게 살아가는 사람도 있지만 나처럼 굴곡진 삶을 살아가는 사람도 있다. 남들이 겪지 않은 일을 나는 한꺼번에 몰아서 겪었다.

나는 태어날 때부터 굴곡이었다. 신생아실에 있는 나를 엄마가 보러 오지 않았다. 이유는 내가 너무 못생겼기 때문이란다. 간호사의 착오로 나보다 예쁜 아기가 나 대신 엄마에게 첫선을 보였단다. 말도 안 되는 일인 것 같지만 사실이다.

실수를 확인하고 나를 보여 주었을 때 엄마의 표정이 일그러졌고, 다시 나를 보러 오지 않았다. 급기야 간호사가 나를 데리고 엄마에게 갔다니, 그때부터 내 인생의 롤러코스터가 시작되었다.

다행인 건 그때 엄마가 나를 안아 주었고, 그 후 한시도 떼어 놓지 않았다는 것이다. 이 말을 하니 엄마의 이야기가 생각난다.

내가 대여섯 살 때인가 보다. 엄마는 그때도 책을 많이 읽었다. 나를 키우기 위해 육아지침서를 읽고 내린 결론은 나를 '보육원'에 보내는 것이었다. 형편이 안 되어 보내려 했던 건 절대 아니다. 지나친 책사랑의 부작용이었다.

"훌륭한 부모 밑에 훌륭한 자녀가 탄생한다."

자신이 너무 부족하다고 생각한 엄마는 보육원에 계신 선생님들은 다 전공자이고 훌륭하다고 생각하여, 나를 훌륭하게 키우고 싶은 마음에 보육원에 전화를 한 것이다. 다행히 원장 선생님이 나를 받아준다고 했다. 그런데 나를 데리고 간 엄마 이야기를 듣고 원장 선생님은,

"지금 어머님이 하시는 게 가장 잘하시는 거예요. 하다가 정 힘들면 다시 오세요."

이 얘기를 듣고 있으면 우리 엄마는 참 엉뚱하다는 생각이 든다.

나는 정말 화려한 인생을 시작했다. 좌심실이 없는 나는 병원에서 살다시피 했다. 죽음의 문턱에서 다시 돌아온 적도 몇 차례. 누구에게나

아픔은 있겠지만, 이렇게 굴곡진 삶을 살아온 걸 알아주는 사람이 있긴 할까?

사람들은 내 인생에 관심이 없다. 그냥 많이 아팠구나, 늘 죽음을 두려워하는 나에게 웃으면서 괜찮다고 하는 말은 위로가 되지 않았다.

그래도 나의 특별함을 받아들이기로 한 이상 나는 아무렇지도 않게 살아가고 있다. 어차피 누구나 완벽한 사람은 없으니까. 사람이 한 번씩은 미끄러지고 넘어져야 인간미가 있지.

그러나 그들의 평범함이 부러운 건 어쩔 수 없다. 체육시간에 그냥 바라보고 있어야 할 때, 단체 활동에서 빠져야 할 때, 당연하다는 듯 내 의견을 물어본 것도 아닌데 나는 그렇게 한발 물러나 있었다.

내가 웃으니까 속으로 울고 있는 걸 모른다. 그저 대놓고 울 수가 없어 참고 있을 뿐이다. 나를 안쓰럽게 보는 시선도, 나를 이상하게 보는 시선도 너무 싫고 무섭다.

'왜 이런 시련을 주었을까?'

성장 속도도 느렸다. 체력도 약하다. 하지만 나는 멈추지 않는다. 앞으로 나갈 뿐이다. 나는 오늘도 운동장을 걷는다. 노래를 들으며 걷는 이 순간이 행복하다. 이 순간들이 모이면 인생의 차이는 좁혀질 거라 믿으며 나는 웃는다.

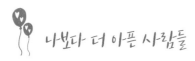

나보다 더 아픈 사람들

눈을 떴다. 병원이다. 따분한 이 병원 생활이 언제 끝날까. 이곳은 중환자실이다. 이렇게 살아 있는 것이 기적이다. 그런데 주위를 둘러보면 나보다 더한 사람들이 많다.

나보다 더 아프고 힘든 사람들, 엄마는 내가 처음 아팠을 때 백혈병 아이들을 보고 내가 심장병이어서 다행이라고 생각했다고 한다. 백혈병 아이 엄마들은 눈을 뜨면 소독하느라 바빴다. 그리고 골수 이식을 해야 하기 때문에 여간 힘든 게 아니다. 골수를 이식해 주겠다는 사람이 있어야 하는데, 그런 사람을 찾는 것도 정말 어렵다. 반면 심장병은 수술이라도 할 수 있으니 다행 아닌가.

물론 이런 생각을 하면 너무 이기적이라고 할지 모른다. 백혈병 환자와 보호자들이 들으면 큰 상처를 받을 말이다. 하지만 그때 엄마는 이런 생각으로 힘든 상황을 버티셨다.

'좌심실이 없는 아이가 다행이라고?'

생각해 보면 말도 안 되는 소리다. 일반 사람들이 들으면 무슨 헛소리인가 싶을 것이다. 하지만 그것은 엄마가 아픔을 이겨 내기 위한 방법이었다. 그만큼 정신적으로 피폐해져 있었다는 뜻이다.

나는 심장병 환자라서 겉으로 보기에는 티가 나지 않는다. 외모도 정상이니까. 하지만 누가 봐도 신체에 심각한 결함이 있는 환자가 있다.

움직이는 것도 다른 사람의 도움을 받아야 하고, 밥도 다른 사람이 먹여 줘야 한다. 보호자도 굉장히 힘들다. 또 얼굴에 큰 상처가 있어 끔찍하게 변한 사람, 말을 못하는 사람들을 보며 세상에는 나보다 더한 사람들이 많고, 나는 그나마 낫다는 걸 깨닫게 된다.

소년 소녀 가장, 나보다 더 큰 병을 가진 사람들, 평생 누워 있어야 하는 사람들, 혼자 힘으로는 아무것도 할 수 없는 사람들…. 이 세상에는 나보다 더한 아픔을 가진 사람들이 많다. 나에게 이런 일이 일어난 것이 원망스러울 때면 이런 생각을 한다.

'세상엔 나보다 더한 사람도 살아간다.'

'나보다 아픔이 많은 사람들도 마찬가지야.'

나는 아프니까, 아무것도 못하니까, 나는 그렇게 나를 묶어 두고 열심히 살지 않았다. 도전하는 것도 하지 않았다. 그러나 나보다 더한 사람들, 소년 소녀 가장들은 어린 동생을 먹여 살려야 하고, 나보다 큰 병을 가진 사람들은 꾸준히 치료를 받아야 한다.

나는 다시 태어난 만큼 내 삶을 더 의미 있게 만들어야 하는데, 아직은 부족하다. 어렵게 살아남았는데 이렇게 평범하게 살 수는 없다. 앞으로 내 인생을 예쁘고 멋지게 가꾸어 나갈 것이다.

내가 아플 때 도와준 분들이 많았다. (주)오뚜기에서 수술비를 대주었고, 부산공동모금회와 주병진 아저씨. 이들이 있었기에 내가 이렇게 살아 있는 것이다. 정말 감사하다.

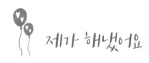

제가 해냈어요

무언가를 해냈을 때 느끼는 성취감은 정말 멋지다. 고등학생이 되면서 정체되었던 내 삶에 가속이 붙었다. 그동안 사람들을 의도적으로 피했지만, 이제 곧 사회인이 되는 나에게는 많은 도전이 필요했다.

첫 번째는 혼자 영화를 보는 것이다. 나는 영화를 너무 좋아해서 자주 보는데, 늘 엄마와 함께 보다 보니 엄마가 바쁘면 못 보게 된다. 그래서 놓치는 영화도 많았다.

언젠가는 도전해야 될 일이어서 2017년부터 실행했다. 혼자 영화 보기로 한 날, 엄마가 입구까지 데려다 주었다. 무사히 표를 끊고 기다렸다. 처음에는 조금 어려웠지만 지금은 혼자 잘 다닌다.

두 번째는 버스를 타고 다니는 것이다. 초등학교와 중학교 때는 집에서 학교 갈 때, 학교에서 집에 갈 때 걸어서 가도 별 문제가 없었다. 그래서 엄마가 데리러 올 수 없을 땐 자주 걸어오는 편이었다.

그러나 고등학생이 되면서 이야기는 달라졌다. 내가 다니는 고등학교는 차를 타고 가도 10분이 넘게 걸린다. 입학식 전날, 엄마와 나는 미리 연습을 했다.

저녁 때 우리는 학교로 가는 버스에 올랐다. 처음에는 약간 긴장했지만 그냥 버스를 타는 것이라고 생각하니 마음이 놓였다. 그런데 중간에 배가 아팠다. 너무 긴장한 탓이었다. 그래도 미션은 잘 마쳤다. 그 후 엄마가 데리러 올 수 없을 때는 버스를 타고 다닌다. 이것 또한 클리어!

세 번째는 택시를 부르는 일이다. 버스 시간을 놓칠 때나 엄마가 학교에 데려다 주지 못할 때는 다른 방법으로 가야 하는데, 그게 바로 택시다. 엄마는 콜택시 회사 전화번호를 주면서 직접 부르라고 했다. 그때까지 나는 입에 자물쇠를 잠그고 있었기 때문에 무척 힘들었다. 엄마는 단호했다. 절대로 불러주지 않겠다고 했다. 나는 마음먹고 전화를 걸었다.

뚜#루#루, 뚜#루#루.

전화음이 들리고 긴장감이 더해졌다. 그만두고 싶었지만 눈 딱 감고 하기로 했다. 상대방이 전화를 받았다. 나는 잠시 숨을 고른 다음 준비한 대로 했다.

"네, 콜택시입니다."

"아, 저기 여기가 ○○○인데요."

"네, 택시 보내 드릴게요."

뚝. 성공했다. 해냈다.

그렇게 택시를 탄 후에 목적지를 말하는 것도 쉬웠다. 택시기사님이 말을 걸어오면 기분이 좋았다. 이렇게 해야 앞으로 내가 다른 사람과 말할 때 떨지 않을 수 있다.

하지만 마지막 하나가 남아 있었다. 그것은 바로 배달음식이었다. 다른 건 다 해도 그것만은 이상하게 힘들었다. 예전에도 도전해 본 적이 있었다. 중국집 배달이었다. 전화음이 들리고 내가 말을 했다. 그런데 전화를 받은 쪽에서,

"부모님 바꿔 주실 수 있나요?"

라고 해서 나는 얼른 엄마에게 전화를 넘겼다. 그 후 배달음식 주문하는 걸 꺼리게 되었다. 하지만 엄마는 도전하라고 했다. 내 목소리가 너무 어려서 그랬을 거라며 재촉을 했다.

"곧 사회에 나가서 시켜 먹어야 할 일이 얼마나 많은데! 우민아, 도전해 봐."

그건 사실이었다. 일단 배달 서비스가 되는 음식점을 찾아서 전화를 걸었다. 처음 택시를 부를 때보다 더 긴장되었다.

"네, 여보세요~."

이제 긴장하지 말고 침착하게 하자.

"네, 여기는 삼주빌라…."

말이 살짝 꼬였다. 다소 당황했다. 목소리가 살짝 떨렸는데, 상대방이 내 말을 잘 알아들었을까 걱정되었다. 전화를 마치고 나는 크게 숨을 쉬었다.

이제 더 이상 최소한의 것들은 나를 괴롭히지 못한다.

나는 엄마에게 전화를 걸어서 당당하게 말했다.

"해냈어요!"

앞으로도 더 해낼 수 있기를, 더 많은 걸 배울 수 있기를 소망한다.

 홀로서기

홀로서기. 언젠가는 해야 되는 일이다. 사회의 무서움을 알고 있는 내게 홀로서기는 가벼운 일이 아니다. 또한 엄마와 언제까지나 함께 있을 수 있는 것도 아니기 때문에 더 두려웠다.

'내가 과연 엄마 없이 할 수 있는 게 있을까?'

나는 정말 엄마바라기다. 엄마와 함께 있는 시간이 엄청 많았으니까. 하지만 엄마는 나를 위해서라도 홀로서기 하기를 원하시는 것 같다.

"너도 언젠가 홀로서기를 해야 돼."

그 시간이 생각보다 빨리 다가와 당황스럽다. 내가 공식적으로 엄마의 도움을 받는 건 '학생 신분'일 때라는 말을 덧붙이셨다. 학생 신분이란 아마 대학생도 포함될 것이다. 그럼 일단 대학교를 가야 한다.

내가 가려는 대학교를 찾아보았다. 대학교에 가려면 넘어야 할 산이 너무 많지만, 나는 무조건 대학교에 가야 한다.

"대학원 간다고 하면 석사 과정까지는 지원해 줄 수 있어."

대학원은 나중에 생각하자. 무조건 대학교부터 가자.

나는 다른 친구들보다 출발선이 늦었다. 그리고 모든 게 느렸다. 그래서 엄마는 조금 늦게 사회생활을 해도 된다고 하신다.

"내가 살아 있는 동안은 계속 너와 있을 테니 걱정하지 말고."

엄마의 한마디 한마디가 힘이 되었다.

"이번에 혼자 버스 타고 가는 연습 할게요!"

어느 날 나는 제주시에 가고 싶었다. 제주시에는 영화관도 많고 더 좋은 것들이 많았다. 서귀포도 좋지만 제주시는 선택지가 많아서 더 좋다. 버스 정보 어플 앱을 깔고 준비했다.

이렇게 홀로서기 준비를 하는 건 처음인 것 같다. 버스를 혼자 타는 것도 홀로서기니까. 이마트 앞에 있는 버스정류장에서 타면 제주시 가는 버스가 온다고 했다.

'좋아, 도전해 보는 거야.'

버스를 기다렸다. 긴장하지 않았다. 오히려 침착했다. 그렇게 멀리 가는 것도 아닌데 어리바리하지 말고 시간만 잘 맞추면 제대로 갈 텐데.

마침내 버스가 도착했다. 막상 버스가 도착하니 다시 긴장되었다. 조금만 천천히 와, 나에게 준비할 시간을 줘!

다른 사람들이 버스 타는 걸 지켜보았다. 다들 편하게 타는데 나는 너무 떨렸다. 지갑에서 미리 돈을 꺼내 들고 버스에 올랐다. 돈을 넣고 자리에 앉았다.

'휴~ 해냈다.'

내가 원하는 대로 되어 기뻤다. 이후 일정을 잘 적어놓고 움직이기로 했다. 혼자 제주시에 가는 건 생각보다 쉬웠다. 영화도 재미있게 봤고, 밥도 맛있게 먹었다. 혼자 할 수 있는 일이 많아지는 건 세상이 재미있어지는 증거다.

홀로서기에 대해 많이 생각해 봤다. 좀 두렵긴 하지만 한편 재미있을 것 같다. 누구의 도움 없이 혼자서 살아가는 내 인생. 궁금했다. 상상의 나래를 막 펼쳤다. 그런 생각을 할 때는 자취생들이 부러웠다. 내가 원하는 홀로서기가 바로 저런 거다! 혼자 밥해 먹고, 혼자 버스 타고, 아무에게도 간섭받지 않는 홀로서기. 나의 최대 꿈이다.

"너는 엄마를 그렇게 좋아해서 어떡하니?"

웃음이 나왔다. 엄마 말은 그야말로 사돈 남 말 하는 거다. 엄마와 나는 19년 동안 한시도 떨어지지 않았다.

나는 엄마의 직업을 존경스럽게 생각한다. 아이들을 잘 통솔하는 엄마, 정말 대단하다. 나는 절대로 엄마처럼 못할 것 같다.

'나중에 내가 아이를 낳으면 어떡하지?'

엄마도 아이를 좋아하지 않았는데 나를 사랑하는 걸 보면 나도 괜찮아지겠지. 여기까지 생각이 미치니 웃음이 나왔다.

시간이 너무 빨라 좀 멈췄으면 좋겠다. 이제 정말 얼마 남지 않은 시간. 대학은 갈 수 있을까? 혼자 여행을 떠날 수 있을까? 돈을 벌어 먹고 살 수 있을까? 이런 고민들이 커져만 간다.

하지만 나의 미래를 상상하면 이런 고민들이 사라진다. 내 미래는 밝을 것이다. 그래, 밝아야지.

진정한 행복은 무엇일까?

세잎클로버의 꽃말은 행복, 네잎클로버의 꽃말은 행운이다. 네잎클로버보다 세잎클로버가 더 잘 보이는 것은, 사람들은 행운을 바라지만 사실 행복은 더 가까이, 많이 볼 수 있다는 뜻이다.

네잎클로버는 행운을 가져다준다고 한다. 물론 그 꽃말이 맞는지는 모르지만, 나는 어릴 때 굳게 믿었었다. 그래서 풀밭에 가면 네잎클로버를 찾았다. 그리고 처음 찾았을 때 얼마나 기뻤는지 모른다.

"여기 네잎클로버 찾았어요!"

"그래, 잘했어."

매번 찾을 때마다 색다른 느낌이었다. 네잎클로버를 코팅해서 책상 우리에 끼워 놓았다. 그러면 내게 행운이 찾아올 거라고 믿었다.

네잎클로버를 찾을 때마다 소원을 빌었다. 그 소원은 당연히 내 건강에 대한 것이었다. 아프지 않게 해 달라고. 지금은 네잎클로버에 대한 환상이 줄어들었지만, 여전히 풀밭에 가면 네잎클로버에 시선이 간다.

세잎클로버와 네잎클로버의 꽃말처럼 나에게도 진정한 행복과 행운이 찾아올까? 물론 지금도 행복하지만 내가 원하는 행복은 아니다.

'진정한 행복은 무엇일까?'

나는 행운과는 거리가 좀 먼 사람이다. 당첨이 되어 본 적도 없고, 길에서 돈을 주워 본 일도 없다. 다만 행운을 우연성이라는 것에서 찾지

않고 다르게 생각하면 난 정말 행운아다.

'죽을 위기를 넘기고 살아 있는 것만으로도 행운이다.'

심장병 환자는 아홉 살이 한계라고 하는데, 10년 넘게 살고 있는 걸 보면 행운아 맞다.

네잎클로버는 나에게 다른 추억도 선물해 주었다. 여행을 좋아하지 않아 끌려가듯 경주에 갔을 때, 나는 탑 앞에서 소원을 빌었다.

"저 건강하게 해 주세요."

또 문화유산해설사가 차분하게 설명을 해 주었는데, 그것보다 더 좋았던 건 서두르지 않았다는 것이다. 전날 가이드 선생님은 마치 전쟁터에 나가서 죽지 않으려고 애쓰는 사람처럼 이리 뛰고 저리 뛰게 만들었다.

그런데 이 선생님은 연못 가까운 정자에 앉아 쉬게 하고는 옛날이야기를 들려주었다. 또 엄마와 같이 온 아이들을 정자 밑으로 불렀다. 거기에 클로버가 있었다.

"엄마를 위해 꽃반지를 만들어 보자."

선생님은 우리에게 반지 만드는 방법을 가르쳐 주었고, 나는 엄마에게 클로버 꽃반지를 만들어 드렸다.

새로운 시작은 그것만으로도 중요하다

사람들은 늘 말한다.

"시작을 했으면 무라도 뽑아야지!"

물론 맞는 말이어서 딱히 반박을 할 수는 없다.

시작을 했으면 뭐라도 성과를 내는 게 중요하다.

하지만 내 생각은 조금 다르다.

'새로운 시작은 그것만으로도 중요하다.'

멋진 말이다. 하지만 살다 보면 아무리 잘한다고 해도 힘든 일이 생긴다. 그래서 알게 모르게 위축되기도 한다.

다행스럽게도 나는 이럴 때 좀 여유로운 편이다.

'잘 안 되더라도 괜찮아. 새롭게 시작하는 것만으로도 중요하니까.'

작가 수업은 순조로웠다. 잘 안 돼도 괜찮다는 생각 때문인지 오히려 술술 풀렸다. 새로운 것을 많이 배웠다. 그리고 마침내 출판사에 출간 기획서를 보내는 작업까지 하게 되었다. 출간 기획서를 보낼 때의 두려움은 상상 이상이었다.

"거절당하면 어쩌지?"

난 마음을 고쳐먹었다. 내가 가장 중요하게 생각하는 게 무엇인가?

'새로운 시작은 그것만으로도 중요하다.'

마치 주문처럼 외우고 또 외웠다. 출간 기획서를 작성하고 메일을 보냈다. 몇 곳에 보냈는지 모르겠다. 거절 메시지가 많았지만 이런 메시지라도 받는 게 어디냐며 긍정적으로 생각했다. 그리고 거절 메시지들도 '다른 곳에서 좋은 기회를 얻게 되길 기원합니다'라는, 형식적이지만 나에게 큰 힘을 주었다.

"좋아, 할 수 있어!"

새로운 시작만으로도 중요한데, 그 시작을 못해서 상처를 받은 적도 있다. 예를 들어 처음 콜택시 회사에 전화를 걸어서 '여기가 어딘데 택시 좀 보내 주세요', 이 말을 하는 것이 무서웠다. 그래서 전화벨이 울릴 때 꺼버린 적도 있다.

택시를 타고 갈 때도 어떻게 해야 할지 안절부절못했다.

'계속 해 보자!'

새로운 시작이 무척 힘들었지만 계속해서 도전했다. 내겐 정말 중요한 일이기 때문이다. 이제는 쉽다. 실패해도 거기서 포기하면 끝이다. 끊임없이 도전해야 한다.

새로운 시도를 두려워하는 사람도 많다.

'난 안 될 거야, 이건 절대 못해.'

이런 자신 없는 생각으로 고민하는 사람들에게 '새로운 시작은 그것만으로도 중요하다'고 말해 주고 싶다.

나도 실패와 좌절을 많이 겪었지만, 그래도 도전하니까 이루어졌다.

나는 오늘도 외친다.

"새로운 시작은 그것만으로도 중요하다."

우리 두 사람

우리 두 사람
칠흑같은 어둠 속
길 위에 서서 헤매이며

우리 두 사람
눈보라 몰아치는 벌판에서
두려움에 눈물 흘릴 때

우리 두 사람
십자가의 길을 따라
걸어 나갔어라

우리 두 사람
빛나는 태양 아래서
노래 부르리라

우리 두 사람.

오늘도 안녕하신지요?

펴낸날　　초판 1쇄 2021년 1월 25일

지은이　　한미경 · 성우민
펴낸이　　서용순
펴낸곳　　이지출판

출판등록　　1997년 9월 10일 제300-2005-156호
주소　　03131 서울시 종로구 율곡로6길 36 월드오피스텔 903호
대표전화　　02-743-7661 **팩스** 02-743-7621
이메일　　easy7661@naver.com
디자인　　박성현
인쇄　　(주)꽃피는청춘

값 13,500원

ISBN 979-11-5555-149-3 03810

* 잘못된 책을 구입하신 서점에서 바꿔 드립니다.